당신의 꿈은 무엇입니까

_____ 님께 드립니다.

- 이 책을 사랑하는 독자들에게

1. 초판 출간 후 만 3년만에 증보판을 출간합니다.

   그 사이에 안타깝게도 하늘나라에 가신 분도 계시고,

   꿈에 좀더 가까이 가신 분도 계시며,

   그때보다 오히려 더 힘들다는 분도 계십니다.

   세상살이는 항상 녹록치 않습니다.

   푸른지식은 그분들의 꿈을 계속 추적하고 응원하겠습니다.

2. 나이 표기는 초판 발행 연도를 기준으로 하였습니다.

   증보판 발간시 별도 나이를 표기하지 않았으니 유의해서 읽어주시면 고맙겠습니다.

이런 내가, 참 좋다

이 도서의 국립중앙도서관 출판시도서목록(CIP)은 e-CIP홈페이지(http://www.nl.go.kr/ecip)와
국가자료공동목록시스템(http://www.nl.go.kr/kolisnet)에서 이용하실 수 있습니다. (CIP제어번호: CIP2011004989)

이런 내가, 참 좋다
1세부터 100세까지의 꿈

초판 2쇄 발행 2014년 7월 1일
초판 1쇄 발행 2011년 12월 8일

글 꿈꾸는 100인
사진 강재훈

펴낸이 윤미정
책임편집 조현경
디자인 류지혜

펴낸곳 푸른지식 **출판등록** 제2011-000056호 2010년 3월 10일
주소 서울특별시 마포구 연희로 21 동광빌딩 4층
전화 02)312-2656 **팩스** 02)312-2654
이메일 dreams@greenknowledge.co.kr
블로그 http://greenknow.blog.me/

© 이임금 외 99인 · 사진 강재훈, 2011
ISBN 978-89-964315-6-5 03810

이런 내가, 참 좋다

1세부터 100세까지의 꿈

푸른
지식

엄마의 한마디:
물감 놀이하는 은유에게 꿈을 물었더니
이런 그림을 그렸어요.

주은유

출생   3.18킬로그램으로 태어남
3개월   영아 산통으로 응급실행
5개월   다소 늦은 뒤집기와 배밀이를 시작함
6개월   이유식을 통해 세상의 맛을 알기 시작함
7개월   보행기 운전을 시작함
9개월   서기 연습 중. 태어나서 처음으로 목포로 장거리 여행을 다녀옴

이진우

2개월   고열 때문에 3일간 병원에 입원
4개월   처음으로 바다를 보다
7개월   뒤로 가는 배밀이를 하고 혼자 앉기 시작
11개월   여의도에서 처음으로 벚꽃 구경하다
12개월   가족들만의 조촐한 돌잔치를 열었음
15개월   드디어 첫발을 떼다
5세   혼자 그림 그리는 취미가 생겨 자기만의 예술세계에 심취해 있음

엄마의 한마디:
누나를 따라 열심히 그림을 그리는
진우에게 물었어요. "진우는 꿈이 뭐니?"

김승재

엄마의 한마디:
승재의 꿈은 해리포터 같은 굉장한 마법사가 되는 거예요.
항상 제게 공룡으로 변하라는 주문을 건다니까요.

4

김소영

엄마의 한마디 :
소영이는 하늘을 훨훨 날며 사람들의 소원을 들어주는
천사가 되고 싶대요.

5

이진주

1세 몇 년 동안 아기가 없던 동네에서 태어나 마을 어르신들의 귀여움을 독차지함
2세 조금씩 말하기 시작함. 엄마의 친정인 베트남에 다녀오면 한국어와 베트남어 사이에서 혼란을 느낌
3세 분홍색을 좋아해 신발, 옷, 가방, 장난감 등 모든 것을 분홍색으로 선택함
4세 친할머니를 좋아해 밤새도록 이야기를 나누려고 함
5세 색칠 공부에 푹 빠져 있음

엄마의 한마디:
진주는 해가 반짝이고 예쁜 꽃이 있는 집에서 살고 싶대요.
그림 속의 동그라미는 꿈과 사랑의 꽃이래요.

엄마의 한마디:
지효는 엄마 같은 선생님이 되고 싶대요.

김지효

1세 세상 빛을 보고 이름을 갖다
2세 돌잔치에서 양손에 현금을 잡고 흔들다
3세 동생이 나타났고, 기저귀를 뗐다
4세 엄마를 훈계하기 시작하다. 폐렴으로 병원에 입원
5세 화려한 생일 파티를 열다. 발레를 배우다

7

조빈

풍선껌이 되서
날고 싶어요

8

나는 고래 비행기 조종사가 되고 싶어요. 고래 비행기를 집 앞에 놓고 싶어요. 고래 비행기를 타고 형아 네 집에 가고 싶어요. 아빠랑 모두 같이 고래 비행기를 타고 중국도 가고 미국도 가고 싶어요. 고래 비행기를 타고 지진 난 일본도 가고 싶어요.

이상훈

1세   경기로 뇌 손상을 입음
5세   처음으로 혼자 걷기 시작
6세   한글 단어를 읽기 시작, 드디어 문맹에서 벗어남!
7세   침대에서 점프하다가 눈썹이 찢어짐
8세   닌텐도를 갖게 됨
10세   음악에 관심이 많아졌다

9

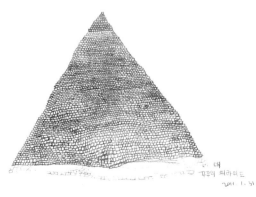

한규상

1세   진통 시작한 지 30분 만에 세상에 나옴
2세   자신을 '꾸꾸'로 불러달라고 함
4세   처음으로 엄마를 그림
5세   수십 장의 공룡을 그림. 지네에게 물린 후 그 지네를 페트병에 키움
7세   자전거 보조바퀴를 떼다

내가 하고 싶은 거는 비행기 타고 자전거 타는 거지만 내꿈은 네덜란드 로가는거야 왜냐면 네덜란드로 갈려면 비행기를 타고 가야 되고 네덜란드에가면 차대신 자전거를사용하니까 네덜란드 가내꿈이야 그리고 네덜란드에가서 화가 하고 꼬고 화가 가 될거야 엄마는 화자 하고 과학자 가될거야 내가 이세상에서 제일 좋아하는 꿈은 엄마야

10

김건호

한국의 파브르는 나야 나!

나를 온 집안 어른들이 모두 '동물 박사님' 이라고 부릅니다. 그것은 내가 동물, 식물에 대해서 알고 싶은 것이 무척 많아서 책들도 모두 그런 생물에 관한 책만 읽기 때문입니다. 틈만 나면 할아버지가 안내인으로 봉사 하셨던 자연사 박물관을 찾아가자고 조릅니다. 1년에 서너번씩은 가서 보고 또 봐도 재미있습니다. 올 여름방학 에는 미모사와 반딧불이에 대해서 관찰 기록을 만들었습니다. 서너살때부터 동물모형을 양동이로 한가득 모아 놓고 파충류, 양서류, 포유류... 하고 나누기를 잘하여서 할아버지가 "박사님" 이라는 이름을 붙여 주셨습니다. 지금은 작년 8월에 만든 블로그에 동물 11가지, 식물 7가지, 지구과학 5가지 등으로 나누어서 관심있는 기사들도 모으고 내가 생각하는 것들도 써서, 1년 동안에 350개가 넘게 기사를 모았습니다. 저의 블로그 주소는 http://blog.naver.com/seawill 입니다. 더 많은 생물을 관찰하고 연구해서 훌륭한 생물 학자가 되고 싶습니다.

11

이소정

나의 꿈은 요리사이다.

왜냐하면 요리하는 모습이 아름다워 보여서 나도 다른사람들에게 맛있는음식을 먹게 한다면 기분이 좋아질것이다.

그래서 나는 요리하는 모습들을 아름답게 표현하고 다른사람들에게 기쁨을 주는 요리사가 되고 싶다.

나는 요리를 잘 하기위해 항상 엄마께서 요리하는 모습을 옆에서 지켜보며 도와드린다.

맛있는 음식을 많이 먹어보고 만들어 보고싶다.

유명한 요리사가 되어 우리가족과 함께 행복하게 살고싶다.

꼭!

윤준열 기자입니다

저는 9시 뉴스에 나오는 기자가 되고 싶어요.

남들이 하지 않는 어려운 사건을 취재해서 특종 기사도 쓰고 싶어요.

전쟁터 같은 데는 조금 무섭지만 그래도 특종을 많이 써서
유명해지면 내가 좋아하는 두산의 김현수 선수랑 빅뱅도
인터뷰할 수 있으니까요.

그러면 친구들이 다 나를 부러워하겠지요.

또 기자가 되면 해외에 특파원으로 가서 내가 좋아하는 여행도
실컷 할 수 있어요.

전세계를 돌아다니며 사람들도 만나고 재미있는 추억도 만들고
처음 보는 신기한 것들을 뉴스에 많이 소개할 수 있으면 참
좋겠어요.

윤준열

1세   서울에서 태어났으나 맞벌이하는 엄마 아빠와 떨어져 전남 순천 외할머니 댁으로 내려감
3세   아이들이 한 명도 없는 시골에서 어른들의 장난감 같은 존재로 지냄
6세   드디어 서울로 돌아옴
7세   생전 처음 유치원이란 곳을 다님. 걸쭉한 사투리로 많은 웃음을 줌
8세   공룡 박사가 되기로 결심하고 온갖 어려운 공룡들의 이름과 특징을 달달 외우고 다님
12세   완벽한 까도남으로 변신 중임. 이제 사투리도 쓰지 않음

13

아이들에게 오래 기억되는 선생님

내 꿈은 선생님이 되는 것! 원래는 운동선수를 하고 싶었다. 운동만 잘하면 공부를 안 해도 되는 줄 알고. 하지만 내 생각만큼 쉬운 게 아니었다. 요즈음엔 영어도 잘해야 하고, 설령 어렵게 꿈을 이루었다 해도 1등이 아니면 뜨지도 못한다. 그래서 변덕꾸러기인 내 마음이 싹 바뀌었다!

그럼 내가 선생님이라는 직업을 꿈으로 선택한 이유 몇 가지를 들어보겠다.
먼저, 나는 선생님 체질이다. 공부가 잘 안될 때면 나는 칠판에 내용을 써가며 학생들에게 가르치듯 공부한다. 그렇게 하면 이해도 잘되고, 기억에도 더 오래 남는다.
선생님은 나이가 들어서도 할 수 있다. 심지어 퇴직을 해도 원하면 학생들을 가르칠 수 있으니 얼마나 좋은가?
이왕이면 초등학교 선생님이 되고 싶다. 나는 여러 과목을 골고루 잘하기 때문에 한 선생님이 여러 과목을 가르치는 초등학교 선생님이 딱 맞을 것 같다.
나는 내 꿈을 이루기 위해 계획을 세웠고 그대로 실러 애쓰고 있다. 선생님이 되려면 치열한 경쟁에서 이겨내야 하는 걸로 알고 있다. 나는 그 경쟁에서 꼭 이길 것이다. 그래서 내가 가르친 아이들에게 오래도록 기억되는 선생님이 되고 싶다.

강지수

4세   내 몸보다 더 큰 미술학원 가방을 메고 다님
6세   재롱잔치에서 처음으로 주인공을 맡음(사자 역할)
8세   본격적으로 학원에 입문
11세 부회장에 당선
13세 선생님이 되기 위해 열심히 공부 중

근성 있는 만화가

제가 만화가의 꿈을 갖게 된 것은 초등학교 5학년 때입니다. 텔레비전에서 애니메이션을 봤는데 참 재밌었습니다. 한 가지를 좋아하면 계속 좋아하는 성격이라 그 애니메이션을 보고 또 보고, 나중에 는 원작 만화까지 찾아 읽었습니다. 그 만화가의 인터뷰도 찾아보게 되었습니다. 그분은 만화가가 되기로 결심한 이유를 묻는 질문에 "단순히 그림 그리는 것이 좋아서"라고만 대답했습니다. (저도 그 렇습니다!) 그렇지만 그 만화가는 꿈을 이루기 위해서 많은 노력을 했습니다. 만화잡지에 계속 투고했 지만 번번이 떨어졌습니다. 그래도 꿈을 버리지 않아서 마침내 잡지에 자신의 작품이 실렸다고 합니 다. 저도 그런 근성 있는 만화가가 되고 싶습니다.

사실 만화가는 되고 난 후에도 몹시 힘들다고 합니다. 만화가에게는 대부분 마감일이라는 것이 있 어 거기에 맞추기 위해서는 초인적인 능력을 발휘해야만 한다고 합니다.

그렇지만 그 점이 저에게는 더 매력적입니다. 저는 성실하지 못하고 게으른 편입니다. 친구와의 약속 시간을 어기거나 학교에 지각하는 일도 많습니다. 만화가의 꿈을 갖고 살면 지각하거나 숙제를 못 해서 벌 받는 일도 없게 되지 않을까요?

만화가를 꿈꾸는 사람은 많지만 정작 데뷔하는 사람은 별로 없다고 합니다. 저도 현실의 벽에 부딪 히고 나면 만화가의 꿈을 접어버릴지도 모릅니다. 그래도 노력도 안 해보고 포기할 수는 없는 일입니 다. 중학교 1학년인 지금 저의 꿈은 만화가입니다.

이섬진

8세   학교 수업이 너무 시시해서 학교를 그만두고 싶다고 생각함
9세   꿈에 그리던 피아노 학원에 등록함
10세 교내 미술대회에서 우수상을 받음
11세 『타샤의 집』을 읽고 반해 삽화가의 꿈을 꿈
14세 첨단기기 3종 세트(아이팟, 닌텐도, 전자사전)를 모두 갖춤

15

조혜연

세계신기록을 향한 질주

어릴 때부터 스케이트를 타다가 초등학교 2학년 때부터 본격적으로 쇼트트랙을 시작했습니다. 쇼트트랙은 너무나 재미있는 운동입니다. 실력이 늘면 속도가 빨라지는데 그게 정말 신기했습니다. 특히나 좋은 기록이 나왔을 때의 쾌감은 말로 다 표현할 수가 없습니다.

5학년 겨울방학이 되자 선생님께 개인 강습을 받기 시작했습니다. 처음에는 힘들지 않았지만 훈련량이 늘어나면서 견디기 힘들 정도가 되었습니다. 그만두고 싶다는 생각이 머릿속에서 떠나지 않았습니다. 그럴 때마다 가족과 친구들의 응원으로 가까스로 고비를 넘겼습니다. 그러던 어느 날, 스케이트장에 쇼트트랙 선배님들이 오셨습니다. 선배님들을 그렇게 가까이에서 본 것은 처음이라 흥분되고 설레었습니다. 그중 한 선배님이 제게 열심히 하라고 격려를 해주셨을 때는 어찌나 기뻤던지! 그때부터 저는 더 열심히 운동해서 운동에 거의 미쳤다는 소리를 들었습니다.

운동에 더 몰두해 동계 올림픽에 나가는 것, 세계신기록을 세우고 우승하는 것이 제 꿈이자 목표입니다. 아시안 게임이나 다른 국제 대회에 나가서도 좋은 성적을 거두고 싶습니다. 은퇴 후에는 저와 같은 꿈나무들을 가르치고 싶고요.

정말 중요한 목표 하나를 빼먹을 뻔했습니다. 그것은 바로 죽는 날까지 즐겁게 스케이트를 타는 것입니다.

16

전현진

책이 좋아, 정말 좋아

책을 만드는 편집자가 되고 싶어요. 제가 편집자의 꿈을 꾸게 된 건 엄마 덕분이에요. 어릴 적 엄마가 읽어주셨던 이야기들 덕분에 책을 사랑하는 마음을 키우게 되었어요.

십대 중반기를 거치면서 갈피 잡기 힘든 날들을 많이 보냈어요. 무엇을 해야 할지 몰라 혼란스럽기는 했지만 저는 늘 책과 가까이 지냈어요. 그래서 학교 도서관에 갈 때가 가장 기분이 좋아요. 읽던 책의 마지막 장을 덮고, 새로운 책을 찾으러 학교 도서관으로 떠나는 가벼운 발걸음! 머릿속으로 '어떤 책을 읽어볼까?'라는 기분 좋은 생각을 하면서 말이에요.

서가를 뒤지다 눈에 띄는 제목이 책을 꺼내 조심스럽게 펼쳐봐요. 잘 골랐다는 생각에 저절로 웃음이 나요. 좋은 책을 읽은 후에는 다짐도 해요. '언젠가는 나도 사람들에게 기쁨과 희망을 주는 책을 만들어야지!'
한 권의 책을 읽는 것은 낯선 나라로 여행하는 것과 비슷한 것 같아요. 지금 읽는 책이 편집자로의 길 또한 잘 안내해주리라 믿어요.

17

남상민

 8세   수학시험 우수상 수상(그 뒤로 수학 상 못 탐)
14세   첫 이성 친구를 사귐(지금 생각하니 여러모로 후회됨)
15세   처음으로 전학 그래서 수학여행을 못 감
16세   벨 국제학교 최종 합격 통보를 받음
17세   순결 서약식을 함

이기지 말자, 서로 섬기며 살자

나는 섬기는 사람이 되고 싶다. 섬기는 사람은 사실 시대와 반대로 가는 사람이다. 사람들은 서로 상처 입히고 짓밟아 이기는 사람들을 성공했다고 말하고 리더라고 부른다. 겨우 열일곱인 고등학생이 이런 말을 하는 게 우스울 수도 있다. 그러나 이미 초등학교와 중학교에서 9년을 보내며 무한경쟁의 현장에서 뒹굴어봤기 때문에 느낀 것이 많다.

아이들은 시험 기간만 되면 서로를 이기려고 정말 폐쇄적으로 변해갔다. 좋은 정보는 혼자만 가지려 하고, 반 친구들을 이기고 넘어야만 하는 장애물로만 여겼다. 나도 그랬다. 물론 공부를 잘하는 것이 나쁘다는 것은 아니다. 하지만 그 과정 속에 친구들의 억울한 눈물과 상처가 섞여 있다는 것이 문제다. 이와 같은 이유들이 내가 대안학교를 선택하게 된 계기다.

우리 학교는 공동체 정신을 키우도록 가르친다. 지금은 학교 동기들이 장애물이 아닌 진짜 친구로 보인다. 우리 학교 슬로건은 '당, 신, 멋, 져!'이다. 이 뜻은 '당당하게, 신나게, 멋지게, 져주며 살자!'라는 뜻이다. 당당하고 신나고 멋지게 져주며 사는 사람, 섬기는 사람으로 살아가는 것이 나의 꿈이다.

멋지게 술을 빚을 거야

막걸리 장인을 만났다.
자신이 원하는 일을 하면서 사는 것이 얼마나 중요한지를
그 밝은 표정으로 여실히 보여주는 분이었다.
살아있는 것 자체가 행복한 분!
그분이 만든 술 한 잔을 통해 나는 그분을 느꼈다.
그래서 꿈을 꾸게 됐다.

막걸리 장인이 되고 싶다.
매일 술을 담그며 그 술로 만인에게 기쁨을 선물하는 장인이 되고 싶다.
아침에 일어나 경건한 마음으로 술을 빚고 싶다.
사람들에게 자유로운 기분을 느끼게 하고, 위안과 웃음을 주는 술을 빚고 싶다.
사람들은 그 술을 마시며 나 박채연을 기억할 것이다.

감동을 주는 술을 빚는 것, 그것이 나의 꿈이다.

박채연

 7세   처음으로 수영을 배우다
11세   서예에 큰 재능이 있다는 사실을 발견
16세   DSLR 카메라 구입
17세   오래 달리기 최강자가 됨
18세   좋아하는 남자가 생겨 체중 관리에 돌입

19

내 인생을 바꾼 뮤지컬

중학교 2학년 때 본 뮤시컬 한 편이 제 인생을 통째로 바꾸었습니다. 조용하고 소극적인 성격이던 저는 공연을 보면서 처음으로 꿈을 꾸게 되었습니다. 그 뒤로 공연 연출과 기획을 공부하면서 맨땅에 헤딩이나 다름없는 길을 걷게 되었습니다. 그렇게 혼자서 황무지를 개척하면서 저는 두 가지 꿈을 키웠습니다.

첫 번째는 훌륭한 연출자와 기획자가 되는 꿈입니다. 그러기 위해 연극 동아리 활동을 하고 있습니다. 근 5년 동안의 경험을 통해 희망과 자신감을 얻게 되었고, 그것들을 통해 더 큰 열정과 용기를 가지게 되었습니다. 앞으로도 꾸준히 목표를 향해 정진하고 싶습니다.

두 번째는 제가 진로를 개척하면서 겪은 고비들을 통해 가지게 된 꿈입니다. 저는 주위에 공연 분야에 종사하고 있는 사람이 없어서 처음에 무척 고생을 했습니다. 그렇지만 이리저리 뛰어다닌 결과 전문가들을 만나 많은 도움을 받았습니다. 그러면서 이런 생각을 해보았습니다. '과연 다른 아이들은 나와 같은 경험을 충분히 누리고 있는 걸까?'
그렇지 않았습니다. 자신이 진료조차 찾지 못하거나 혹은 찾더라도 어떤 식으로 그 꿈에 다가갈지 모르는 학생들이 너무 많습니다. 그 아이들을 돕고 싶습니다. 그 아이들에게 다가가 그들을 후원하고 격려하는 것, 나중에는 그들을 위한 학교를 세우는 것이 또 다른 제 꿈입니다.

박소선

 7세   요리사인 친구 어머니 덕택에 텔레비전에 출연
14세   처음으로 호감 가는 남자애가 생김
15세   「맘마미아」 뮤지컬을 보고 공연에 관심을 갖게 됨
16세   콘서트, 연극, 뮤지컬을 혼자 보러 다님
18세   온갖 동아리 활동에 피가 마를 지경이지만 기분은 최고임

20

김혜옥

중도에 포기하지 마!

저의 꿈은 현대 무용수입니다. 춤추기에 푹 빠졌던 여섯 살에 무용을 시작한 이래 지금까지 계속하고 있지요.

고비도 한 번 있었습니다. 무용을 전공하면 비용이 너무 많이 든다는 것을 알고 초등학교 4학년 때 그만두었습니다. 그런데 시간이 흘러도 자꾸 무용이 생각났습니다. 중학교에 진학한 후 엄마에게 무용을 전공하고 싶다고 말했습니다. 엄마는 슬며시 반대의 뜻을 비치셨습니다. 하지만 제 마음 깊은 곳에 자리 잡은 춤에 대한 열정을 꺾지 못했습니다.

무용이 왜 그렇게 좋으냐고요? 허공에 몸을 던져 공기 에너지와 정면으로 부딪힐 때, 마음대로 되지 않는 그 순간조차 무언가 하려는 몸의 느낌이 너무 좋습니다. 비록 금세 사라지고 없어지지만 그 느낌은 잊히지 않습니다. 그래서 저는 무용수가 되고 싶은 겁니다.

제가 하는 현대무용은 자유로움과 새로움을 추구하는 예술입니다. 사람들에게는 아직 덜 친숙한 장르입니다. 저는 사람들에게 현대무용을 제대로 알리고 싶습니다. 무용을 통해 감동과 공감을 주고, 어두운 세상을 밝게 비추고 싶습니다. 제가 가진 재능을 나누고 싶습니다. 무용을 중도에 포기하는 친구들에게 도움을 주는 무용수가 되고 싶습니다.

무용은 참 어렵습니다. 그래도 제 꿈을 생각하며 참고 견딥니다. 힘들다고 멈춰버리면 꿈을 이룰 수 없습니다. 고난을 이겨내면 그 이상의 것이 반드시 돌아올 것입니다.

21

내 손길이 필요한 곳에서

얼마 전까지만 해도 제 꿈은 교사였습니다. 부모님이 모두 교사라 저 역시 교사의 길을 가고자 했습니다. 그런데 지적 장애인들이 다니는 혜원학교에 갔다가 새로운 삶의 빛을 보았습니다.

아이들이 너무도 순수했습니다. 사람에게 무한한 호감을 보이고, 자신들이 하는 일에 매순간 집중했습니다. 아이들에게 푹 빠지게 되었습니다. 그전에는 그저 '아이들에게 꿈을 실어주는 사람이 되자.'라고 막연하게 생각했습니다. 그런 제가 구체적인 꿈을 갖게 된 것입니다.

우선은 일주일에 한 번 이 아이들을 위한 자원봉사를 계속하고 싶습니다. 도움이 필요한 다른 아이들에게도 제 손길을 보태고 싶습니다. 또한 여건이 허락한다면 해외에도 나가 봉사하고 싶습니다.

마지막으로 한 가지가 더 있습니다. 봉사의 진정한 아름다움을 더 많은 사람들이 알게 되기를 꿈꿉니다.

소민정

 9세   제천시에서 주최한 생태 미술대회에서 은상에 입상
11세   눈이 펑펑 쏟아지던 겨울날, 소백산 정상에 오름
17세   출판사에 독후감을 응모해 상을 받음
20세   과외, 서빙, 편의점 등 아르바이트 삼매경에 빠지다
21세   옷가게에서 아르바이트하며 봉사 활동 중

쓰고 또 쓴다

나는 시나리오를 전공하는 학생이다. 꿈을 이루기 위해 강원도에서 서울로 왔다.

시나리오 작가를 꿈꾸는 나의 하루 일과는 간단하다. 다른 작가들의 시나리오를 읽고, 영화를 보고, 책을 읽고, 글을 쓴다. 이런 생활을 하다보니 밤낮이 바뀌기 일쑤다. 늘 피곤하고 가끔은 코피를 쏟곤 한다.

대중교통을 이용할 때면 항상 손에 메모지를 들고 사람들을 관찰한다. 그들의 외양을 글로 적으며, 그 사람의 인생을 상상해본다. 사람들이 쓰는 온갖 말들을 옮겨 적으며 내 캐릭터들의 대사에 적용시켜보기도 한다.

시나리오 작가는 내게 너무도 매력적인 직업이지만 사람들의 생각은 다르다. "굶어 죽기 딱 좋은 일을 왜 사서 고생하니?" 하는 소리를 수도 없이 들었다. 그때마다 겉으로는 웃었지만 속으로는 울었다. 나는 이렇게 생각한다. 창작을 해보지 않은 사람은 작가의 고통을, 마음속의 뜨거운 열정을 절대로 이해할 수 없다. 그게 나의 은근한 자부심이기도 하다.

내 안에는 엄청난 열정이 있다. 그것은 내 손끝을 타고 밖으로 나올 날만을 기다리고 있다. 당신들의 이야기를 몹시도 하고 싶은 나는 오늘도 내일도 멈추지 않고 꿈을 좇는다.

박은하

16세   처음으로 소설을 씀
17세   인생의 멘토인 은사님을 만남
20세   한 학기를 쉬면서 수많은 책과 영화를 접함
21세   부산영화제에서 내 꿈을 확인함
22세   이창동 회고전에서 다시 희망을 얻음
25세   밥 먹고 공모전만 준비하며 사는 중

23

강철룡

고향의 모든 것이 그립다

나는 2006년 3월 22일 두만강을 건너 8월에 대한민국으로 왔다.

고향인 함경북도 청진에서 열일곱 살까지 살았다. 소학교(4년제)를 졸업하고 중학교(6년제) 5학년까지 다니다 형편이 어려워 학업을 중단했다. 아빠는 어릴 적에 돌아가셨고 어머니 홀로 형과 나를 키우셨다. 생계를 위해서 어머니와 함께 장사를 했다. 중국과 가까운 무산에서 옷을 사와 청진에서 되팔았다.

어릴 때부터 공부를 좋아했던 나는 학업을 계속하고 싶었다. 그러나 쉽지 않았다. 희망 없는 곳에서 더는 살고 싶지 않았다. 고향을 떠나기로 마음먹었다. 한국에 먼저 정착한 사람과 연락이 닿았다. 우여곡절 끝에 중국, 베트남, 라오스, 태국을 거쳐 한국으로 왔다.

스무 살에 고등학교 2학년에 진학했다. 열심히 공부한 덕분에 연세대학교 정치외교학과에 입학했다. 대학 공부가 쉽지만은 않다. 공부의 때를 놓친 데다가 교육과정도 다르다. 독서가 부족한 탓에 리포트 작성은 특히 힘들다. 하지만 나는 이겨낼 것이다 내겐 꿈이 있기 때문이다. 통일이 꿈!

고향의 모든 것이 그립다. 소꿉친구들과 뒹굴던 마을 뒷산, 강기슭의 모래부리가 활짝 미소 짓는 바다, 굶주림에 괴로워하는 나를 말없이 받아준 교실의 책상과 의자들까지도 그립다. 고향에 가면 내가 즐겨 먹던 감자떡, 두부밥, 인조고기밥, 농마국수도 마음껏 먹으리라. 남한 친구들과 함께 가고 싶다. 내 고향이 얼마나 아름다운 곳인지 꼭 보여주고 싶다.

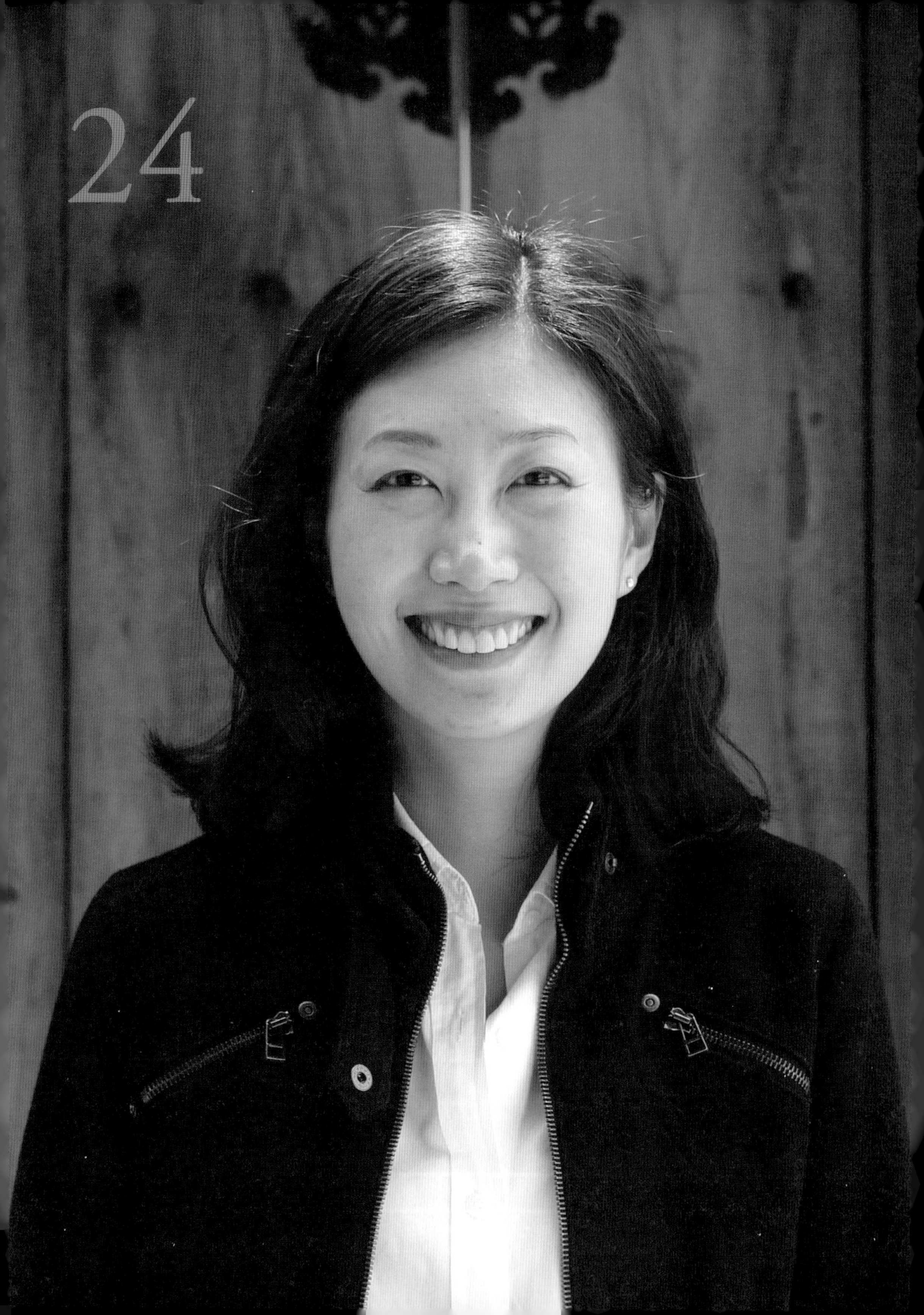
24

취업 준비생의 고충

내 꿈은 내가 원하는 직장에 자리를 잡는 것이다. 생명과학을 전공했으니까 제약회사가 좋겠다. 하지만 승무원으로 일하고 싶은 마음도 있다. 제약회사에서 일한다면? 전공을 살려 모두를 놀라게 할 멋진 아이디어를 내거나 최선을 다해 일하는 모습을 보여주고 싶다. 승무원이 된다면? 늘 아름다운 미소를 잃지 않으며 승객 한 분 한 분을 만족시키는 승무원이 되고 싶다.

쉽지 않을 것이다. 취업이 어려운 시대니 꿈을 이루기까지는 꽤 오래 걸릴 수도 있다. 그래도 내가 좋아하는 일을 하고 싶다. 인생은 내가 좋아하는 일만 하고 살기에도 너무 짧기 때문에.

내 인생의 최종 목표는 한옥 집을 갖는 것이다. 이것은 어릴 때부터 항상 생각해온 꿈이다. 한옥 마루에 가족과 나란히 앉아 도란도란 이야기 나누고, 마당에는 꽃을 키우고, 저녁이면 마당에서 작은 파티도 열어야지. 생각만으로도 기분이 좋아진다.

취업 준비생으로 사는 건 무척 힘들다. 원하는 곳에 취업이 되지 않으니 내가 남들보다 못한 건 아닌가 하는 부정적인 생각이 자꾸 든다. 면접에서 떨어진 날에는 하루 종일 눈물을 달고 산다. 그래도 내 꿈을 생각하면서 정신을 차리고 스스로를 다독인다.

정민경

 5세   길에서 트럭과 부딪쳐 1미터가량 공중 부양함
13세   너무 울어 퉁퉁 부은 눈으로 졸업 사진을 찍음
15세   처음으로 비행기를 탐. 너무 무서워 덜덜 떨었음
21세   1년간 아르바이트한 돈으로 한 달간 유럽 배낭여행을 함
23세   별 기대 없이 나간 소개팅에서 멋진 남자친구를 만남

25

박다혜

온 세상 사람들의 생각을 듣고 싶어

10개국에서 살면서 그 나라의 언어를 배우고 싶어요.
프랑스어와 스페인어를 가장 먼저 배우고 싶어요.
더불어 사람들이 많이 배우지 않는 그리스어, 몽골어, 아랍어도 배우고 싶어요.

왜 언어를 배우고 싶으냐고요?
그 나라 사람들이 무엇을 좋아하는지, 어떤 생각을 하는지,
무엇을 고민하는지 알고 싶기 때문이에요.
외국에 간다면 반드시 현지 사람들과 같이 살고 싶어요.
겉으로 봐서는 절대 알 수 없는,
그 사람들의 사소하거나 소중한 비밀까지 알 수 있을 테니까요.

언어를 배우면 말이에요, 온 세상 사람들이 서로 손을 잡고 있다는 생각이 들 것 같아요.
머나먼 나라에서 일어나는 일들에도 더는 무관심하지 않게 되겠지요.
곤경에 처한 누군가를 보면 발 벗고 나서서 도와주게 될지도 몰라요.

글을 쓰다보니 제 마음은 벌써 비행기를 타고 있네요.
제 첫 목적지는, 그리스입니다!

26

꿈을 위해 조금씩 전진!

나의 꿈은 유명하지는 않더라도 디자이너가 되어서 내 일에 만족할 수 있는 삶을 사는 것이다. 디자이너, 정확히 말하자면 산업디자이너 혹은 가구디자이너를 꿈꾸고 있다. 군대에서 휴가 나왔을 때 사촌이 권해준 책을 읽으면서 갖게 된 꿈이다. 김영세 디자이너가 쓴 책이었는데 충격과 신선한 자극 그 자체였다.

디자인 잡지를 보는 것에서 시작해 전역한 후 본격적인 공부를 시작했다. 하지만 회사에 다니면서 공부하려니 쉽지가 않다. 야근과 주말 근무가 이어지는 바람에 인터넷 검색밖에는 아무것도 못할 때가 많다.

결단을 내리고자 한다. 지금의 회사에서 만드는 제품을 직접 디자인하는 것, 혹은 회사를 그만두고 시간적인 여유가 많은 새로운 회사를 다니면서 디자인 공부에 전력하는 것, 이 둘 중 하나를 고르려고 한다.

어떠한 선택을 하더라도 내가 디자인한 제품들이 세상으로 나가는 그날을 위해 열심히 살고 싶다. 그 꿈을 이루기 위해 매일매일 조금씩 전진해야겠다.

김정규

15세   학교 축제에서 스케치를 전시
19세   고등학교 시절 방황한 결과로 수능 시험에 실패
20세   입대를 앞두고 한 달 동안 버스 여행을 함
23세   책을 읽고 다시 꿈을 꾸다
26세   내 차를 타고 처음으로 동해 여행을 다녀옴
28세   드디어 나의 첫 제품을 만들다

27

따뜻한 엔지니어!

새 직장을 얻었습니다. 무척이나 따뜻한 일입니다. 무슨 일이냐고요? 바로 달걀 선별기를 만드는 일이랍니다. 암탉이 낳은 따뜻한 달걀에 저의 온갖 정성을 다해 만든 선별기가 더해지는 셈이니 정말로 따뜻한 일이지요.

물론 할 일은 많습니다. 선별기를 잘 만들려면 기계는 물론 전기, 전자제어, 프로그래밍 등을 모두 배워야 합니다. 포기하지 않을 겁니다. 전기기사 자격증도 따고 학교도 다닐 겁니다. 그래서 제 혼이 담긴 선별기를 만들고 싶습니다. 달걀이 밥상에 올라가는 그 순간까지 깨지지 않도록 선별기에 제 따뜻한 손길을 불어넣을 겁니다. 그렇게 되면 저는 우리나라 최고의 따뜻한 엔지니어가 되어 있을 겁니다.

또 다른 꿈도 있습니다. 하루하루의 기록을 사진으로 남겨 전시회도 열고 작은 에세이집도 출간할 겁니다.

이 모든 걸 하루아침에 이룰 수는 없겠지요. 남보다 늦게 제 길을 찾은 셈이지만 지금부터라도 열심히 노력할 겁니다. 그러면 다 이룰 수 있을 겁니다. 저는 아직 젊으니까요.

제 사랑방에 들르세요

아담하고 예쁘고, 정과 사랑이 넘치는 따뜻한 사랑방을 만들고 싶습니다.

고층 아파트와 상가가 없는, 개발의 손길이 미치지 않은 조그마한 마을이면 좋겠습니다. 작은 건물을 깔끔하게 꾸며서 아이들의 놀이방, 학생들의 공부방, 청년들의 회의장, 어르신들의 사랑방, 작은 전시를 열고 공연을 하는 문화 공간으로 만들고 싶습니다.

마을 주민들이 함께하는 광경을 사진으로 남기고, 주민들의 추억을 기록하는 작업도 하고 싶습니다. 후대 사람들이 마을의 아름다운 모습을 잊지 않도록 말입니다. 그 공간에 들르는 모든 분들에게 드리는 따뜻한 차 한 잔은 덤입니다.

조금이나마 이 일에 가까이 다가서기 위해 여러모로 노력하고 있습니다. 필요한 자료도 모으고, 비슷한 생각을 가진 사람들과도 자주 만납니다.

길은 멉니다. 그렇지만 분명 언젠가는 제 꿈이 담긴 사랑방이 어딘가에서 반짝반짝 빛나고 있을 겁니다.

전한수

11세 신문배달이 선물해준 새벽의 차가운 공기와 고요한 시간을 즐김
13세 록큰롤의 세례를 받다
18세 꽃미남 기타리스트는 되지 못할 것을 깨달음
27세 혼자 떠난 여행에서 일주일간 고독을 느낌
28세 새로운 기회를 잡다
31세 커피에 꽂히면서 바리스타가 되어 매일 커피를 볶으며 지내고 있다

29

박정현

천천히 걷자

배우를 꿈꾸었다. 하지만 배우는 먹고살기에 쉬운 직업이 아니었고, 나는 그 사실을 이른 나이에 깨달았다. 새로운 꿈을 세웠으니 그건 바로 내 카페를 여는 것!

어렸을 때부터 음식과 커피에 관련된 아르바이트를 많이 해왔다. 그 과정에서 내 카페에 대한 꿈을 갖게 되었다. 조금 늦더라도 음식을 다루는 이 사업의 하나부터 열까지를 천천히 배워나가기로 했다. 서빙, 요리, 매니저, 슈퍼바이저를 거쳐 지금은 커피 회사의 각종 행사를 기획하는 일까지 하게 되었다. 그만하면 충분하지 않느냐고도 하지만 내 생각은 다르다. 아직 더 경험을 쌓아야 한다. 이렇게 하나하나 배워가는 것이 얼마나 기분 좋은 일인지 모른다.
모두들 개인 사업이 힘들다고들 한다. 하지만 하기 쉽다면 누가 '꿈'이란 말을 붙이겠는가! 성격이 급한 편이지만 지금껏 차분히 잘 걸어왔다. 앞으로도 차분히 걸어가리라 굳게 믿는다.

때론 고난도 찾아올 것이다. 그래도 나는 다시 일어나 걸어갈 것이다. 그렇게 해서 내가 원하는 카페를 열었을 때 작은 무대를 만들 것이다. 그 공간에서 나의 첫 꿈인 배우가 되는 꿈을 소박하게 실현할 것이다. 착한 아내와 아들 하나, 딸 하나가 있다면 금상첨화겠고!
명랑활발감성 폭풍인생 사탕감성 단테 군을 자처하는 나의 꿈, 어떻습니까?

나와 당신의 이야기

나의 꿈은 '좋은 소설'을 쓰는 것.
그 소설 속엔 나와 당신, 우리가 아는 모든 사람들의 이야기
가 담겨 있었으면 좋겠어.

솔직히 무엇이 좋은 소설인지 잘 모르겠지만 내 얘기는 재미
가 없고 당신 얘기를 더해도 달라질 건 없을 것 같아서. 그래
서 우리가 아는 모두를 등장시키기로 한 거야.
왜, 읽고 나면 작은 동네 한 바퀴를 모두 돌고 나온 것 같은,
그곳에 살고 있는 사람들 마음속까지 들여다본 것 같은 이
야기 있잖아. 언젠가 아홉시 뉴스에서 봤던, 러시아가 기증
한 시베리아 호랑이 두 마리가 나와도 좋고.

좋은 소설이라면 깊은 밤, 잠을 깬 누군가의 빈 시간을 촘촘
하게 메워주겠지. 별 거 아닌 얘기라도 어느 부분에선 한동
안, 읽던 사람을 그대로 멈추게 할 거야. 무엇보다 좋은 소설
은 우리들 손에 오래도록 머물러 있겠지.

김민정

31

내 인생은 지금 9시 18분입니다!

나는 초등학교 선생님이다. 원하던 꿈을 이루었지만 앞으로 무엇을 할지 고민하는 나를 발견했다. 꿈을 이루어서 뿌듯했지만, 목표가 없어 허탈한 마음도 들었다. 교육대학원에 다니는 동안 여러 가지 일에 고개를 기웃거린 까닭이다. 그러나 내가 잘할 수 있는 것은 교육의 테두리에서 많이 벗어나지 않는 것들이었다. 그럴 수밖에. 공룡이 되겠다는 허황된 꿈을 꿀 나이는 벌써 지났으니.

결실도 있다. 고민의 결과 내 꿈은 좀 더 구체적으로 바뀌었다. 나는 비전 스케줄을 만들었다. 무엇을 하고 싶은지 자세히 목표를 세우고, 자기 암시를 한다. 닮고 싶은 멘토를 정해 그 분들의 글을 읽고, 나의 본분인 '가르치기'에 적용할 방법을 찾는다. 앞으로는 내가 가진 가르치기 소질을 동원해 더 열심히 가르치고 싶다. 기회가 된다면 파견 교사로 해외에 나가 한국어 교육에도 힘써보고 싶다. 책도 쓰고 싶고, 연구원이 되고도 싶다. 이러한 다양한 관심은 나를 풍성하게 해주어 가르치기를 더 잘할 수 있게 만든다.

내가 꿈꾼 모든 것을 이루는 게 현실적으로 불가능할지는 몰라도 감히 그것을 입 밖에 내지는 않으련다. 나는 내 꿈을 계속 간직한 채 '앞으로 어떤 사람이 될까?'라는 질문을 계속해서 던지며 설렘과 즐거움이 있는 인생을 살고 싶다.

너무 늦었을까? 아니다. 인생을 하루로 생각하면 내 인생은 이제 겨우 오전 9시 18분이므로!

박인희

7세   평생 장난감 놀이를 할 수 있을 거란 착각에 유치원 선생님이 되고 싶어 함
16세   또래보다 사춘기가 늦게 찾아오다
20세   노세 노세, 젊어서 노는 공대생의 생활을 만끽함
23세   장래 희망을 바꾸어 늦깎이 교대 1학년이 됨
27살   임용고시를 백 일 앞두고 백두산을 여행함
31세   학위논문을 앞두고 잠시 쉼표 중
34세   대학원을 졸업하고, 출산과 육아로 또 다른 공부를 하고 있다

32

김은하

등대 같은 선술집에서

로맹가리가 쓴 『새들은 페루에 가서 죽디』에 니오는 바닷가 선술집을 하고 싶어요. 물론 소설 속에서는 혼자 사는 남자가 주인이었지만 저는 미래의 남편과 함께였으면 해요.

해 저무는 바닷가에 한 무리 갈매기 떼가 발자국을 만들고 있어요. 부서지는 파도소리에 맞춰 뛰어다니는 예쁜 아이는 내 딸일 거예요. 해변에 선술집은 딱 하나뿐이라 밤이 되면 오직 그 술집의 불빛만 보여요. 늦은 시간 해변에 도착한 손님들에게 등대 같은 곳이 되는 거지요. 들르는 사람들에겐 갓 지은 밥을, 남편이 잡아서 뜬 생선회와 함께 대접하는 곳이지요. 바닷바람에 언 몸까지 금방 녹여주는 독한 술은 물론, 멋진 분위기에 살짝 취기를 더할 정도의 약한 술까지 골고루 다 갖춰놓겠지요. 저는 편안한 웃음을 짓고 있는 마음 넉넉한 안주인일 테고요.

현실의 저는 중소기업에서 프로그래머로 일해요. 일이 일이다보니 하루 종일 컴퓨터만 마주하게 된답니다. 컴퓨터나 인터넷이 편리하고 간단하기는 하지만 요즈음은 그것들이 안 그래도 외로운 삶을 더 외롭게 만드는 것은 아닌가 생각해요. 그런 게 무서워서 로맹가리의 선술집을 꿈꾸게 되었어요. 인터넷도, 휴대폰도, 텔레비전도 없는 세상에서 사랑하는 사람과 바다만 바라보며 살다가 행복하게 세상을 뜨는 것이지요.

그런데 제 꿈을 이루는 데 꼭 필요한 남편 될 사람을 아직 못 만났네요. 어디 저랑 같이 고기 잡고, 술도 팔면서 살 건강하고 로맨틱한 남자 없나요?

서른셋, 욕심 버리고 살아야지

매일 꿈을 꾼다. 벼락부자가 되어서 이 한 몸과 가족들을 멋지게 건사하는 꿈, 하는 일마다 업계 고위층의 심금을 울리는 탁월한 결과를 만들어내는 꿈, 아리따운 여성의 마음을 사로잡아 자발적 복종을 다짐받는 꿈. 하지만 꿈이 아니었다. 바라고 바라기는 했지만 이것이 나의 꿈은 아니었다.

일산의 한 초등학교로 발령 나면서 혼자 살아온 지 십 년이 다 되어간다. 나에게는 사뭇 다른 환경에서 살아남기 위한 포장지가 필요했다. 잡지에서나 보던 외제차를 볼 때나 널찍한 지인의 집을 방문할 때는 더욱 두터이 분칠을 했다.

나는 꿈을 꾼 것이 아니다. 이 몽상들은 꿈도 소망도 아니다. 이것들은 그저 내 욕망이다. 나는 이 욕망의 감정에 사로잡힌 채 야수 같은 이십 대를 보냈다. 그리고 아직도 이것들은 나를 흔들고 있다.

이제 서른셋을 지나는 나의 꿈은, 그저 조금 작은 것에 만족하는 나를 찾는 것이다. 이 비싸고 잘난 것들의 유혹에서 의연하게, 그저 이름 모를 들꽃에서도 진한 아름다움을 찾아낼 수 있는 사람이 되는 것이 몇 날을 빌고 빌어서라도 얻고 싶은 간절한 나의 꿈이다.

탁관헌

14세   여름에 키가 20센티나 커져 교복을 다시 맞춤
18세   초등학교부터 고등학교까지 내내 같이 다닌 친구의 죽음을 경험함
23세   교내 밴드 '블랙홀' 공연. 사상 최초 가사 모르는 보컬 탄생
24세   일산으로 발령. 홍대와 가깝다는 장점으로 위로를 삼음
31세   자동차 구입(내가 자동차라는 것을 운전하다니!)
33세   가끔 슬픈 기분에 빠지지만 아직 살아있음
36세   너무 사랑스러운 차를 샀다. 오너드라이버가 되었음

희망이라는 두 글자

아이들과 1년에 한 번씩 우리나라를 여행하며 우리가 참 아름답고 훌륭한 역사를 가진 나라에 살고 있다는 것을 깨닫게 해주고 싶다. 비행기를 타고 외국으로 나가서 우리와는 다른 사람과 세상에 대해 알려주고 싶은 마음도 있지만 내 나라의 역사와 국토를 먼저 사랑하게 하고 싶다. 나라를 사랑할 줄 아는 아이가 가족도 사회도 전 세계도 사랑할 수 있지 않을까? 거기에 더해 자기 자신도 사랑할 수 있지 않을까?

네 번째 결혼기념일을 맞아 우리 가족은 통영에서 강진까지 남도의 모습을 가슴에 담고 돌아왔다. 아직은 어려서 장시간 이동이 힘들지만, 두 남매는 색다른 경험을 했을 것이다. 우리가 사는 곳만이 세상의 전부가 아니라는 것도 느꼈으리라.

나는 내 아이들이 당당하고 자신감 있는 사람이 되게 하는 것이, 가슴에 희망이라는 두 글자를 품고 끊임없이 노력하는 사람이 되게 하는 것이, 역사를 사랑할 줄 아는 사람이 되게 하는 것이 나의 의무이자 최고의 선물이라 생각한다. 이것이 나의 작은 꿈이자 두 아이를 키우는 엄마의 꿈이다.

성조현

　1세　손녀라는 이유로 할머니의 한숨소리를 들음
　8세　전 과목 백 점을 받고는 자신을 천재라고 착각함
19세　졸업식장을 나오며 온 동네 분식점, 노래방 사장님과 이별의 슬픔을 나눔
23세　연애 초보가 한 방에 지금의 남편을 만남
28세　'쓰리 잡'을 뛰며 돈 맛에 반함
34세　마흔 살, 네 살, 두 살, 이렇게 세 아이의 시중을 드느라 정말 바쁘다 바빠!

55

한 나라에서만 살라는
법이 있나요?

저의 꿈은 세계 여러 나라를 여행하고 그곳에서 살아보는 것입니다.

한국과 여러 나라를 오가는 평범하지 않은 삶을 꿈꾸게 된 것은 제 성격과 관련이 있습니다. 순수미술을 전공한 저는 언제나 남과 다르기를 원했습니다. 무엇보다 한곳에 안주하기보다는 새로운 것에 도전하고 모험하는 것을 좋아했습니다. 그래서 대학을 졸업한 뒤 유럽으로 건너가 20대 후반부터 30대 중반까지를 보냈습니다. 그 과정을 통해 제 꿈을 설계하는 시간을 가졌고, 구체적인 실천 방안도 면밀하게 검토하게 되었습니다. 저는 비싼 아파트, 안정된 직장과 높은 연봉, 좋은 아내와 사랑스러운 자녀가 행복의 조건인 이 시대 한국의 보편적인 관념에 동의하지 않습니다. 그래서 선택한 것이 외국에서의 삶입니다. 하지만 역동적인 한국인이라는 사실도 고려해야만 했습니다. 그 결과 저는 한국과 해외 체류, 이 둘 중 좋은 점만 가져와 국내외를 오가는 유동적인 삶을 살아야겠다고 결심했습니다.

만약 제가 일정한 시간에 출퇴근하는 회사원이 된다면 꿈을 접어야 합니다. 저는 제 꿈을 실현시켜줄 특별한 일을 오랫동안 찾아다녔고 다행히 좋은 아이디어와 콘텐츠, 그리고 네트워크의 도움으로 가능성 있는 일을 찾아냈습니다.

저는 누구도 꾸지 못한 꿈을 이루려는 것이 아닙니다. 누구나 꾸는 꿈을 실제로 이루기 위해 준비하고 도전하려는 것입니다.

김희섭

12세   수영복이 없다는 이유로 학교 소풍에 빠짐
17세   음악의 꿈을 안고 악대부와 록 밴드에 가입함
20세   미술대학에 들어갔지만 미술은 사기임을 깨닫고 다른 길을 찾음
28세   양복이 없다는 이유로 대학 졸업 사진 촬영을 거부하고 프랑스로 유학을 감
35세   유학 생활을 마치고 귀국해 지하방에서 개인 작업에 몰두하고 있음
37세   여전히 1년에 한 번씩 이사를 다니고 있다. 머무르지 않는 삶은 아직 진행 중

36

가슴이 뜨거운 사람

나에겐 아들이 열한 명 있다. 방송 프로그램을 하면서 인연을 맺은 수많은 사람들 중에 이상하게도 크나큰 애정을 가질 수밖에 없었던 이들이 바로 나의 아들들이다. 재능도 있고 꿈도 있으나 무대가 없었던 사람, 좀 더 큰 무대를 꿈꾸던 사람, 더 신나고 재미난 무대를 만들어보고 싶은 사람들. 나는 그들과 함께 꿈을 꾸며 프로그램을 만들고 나 역시 꿈을 이루어갔던 것 같다.

노래가 좋아서 노래로 대학 가고 싶었던 여고생 시절 내가 꿈꾸었던 무대는 예술의 전당이나 카네기홀이었다. 성악과에 똑 떨어지고 간 학교에서는 연기를 전공했는데 그래도 노래가 좋아 가수를 꿈꾸며 그 언저리를 몇 년이나 배회했다. 어쩌다 방송 작가가 된 후에도 내가 머물 자리가 아니라고 생각했다. 서른 가까이 되어서도 감동적인 무대를 보면 '저 무대에 내가 서 있어야 하는데'라는 막연한 동경과 질투 때문에 공연을 제대로 못 볼 정도였다. 그러던 어느 날, 내 재능은 무대 위보다는 무대 밖에서 그들을 제대로 무대에 서게 만들어주는 데 있다고 느끼게 되었다. 바로 그 순간 나와 같은 꿈을 꾸던 아들들을 만난 것이다.

너 많은 동족들이 활약할 수 있는 맛진 프로그램을 만들어 그들을 돕고 싶다. 아울러 그들의 공연을 보면서 많은 사람들이 감동을 느끼고 문화적으로 풍요로운 삶을 누릴 수 있게 하고 싶다. 칠순이 되어서도 아들들과 함께 좋아하는 술 한 잔 즐길 수 있는 건강과 경제적인 여유, 그즈음에도 불같은 사랑을 할 수 있는 가슴을 가지고 싶다. 그래서 나의 묘비에는 '삶과 사람, 음악을 진정 사랑하고 즐기고 간 가슴이 뜨거운 사람'이라고 적혀 있었으면 좋겠다.

박윤주

13세 KBS 전국어린이동요대회 출연으로 방송의 첫 테이프를 끊다
20세 서울예대 가요제에서 은상을 수상하며 가수가 될 줄로 착각하다
23세 얼떨결에 방송 작가가 됐지만 꿈을 이룬 친구의 영화 데뷔작을 보고 좌절하다
32세 관공서 협찬 전문 방송 작가로 방송 일에 재미를 느끼다
35세 <놀라운 대회 스타킹>의 작가가 되면서 무대의 재미와 감동을 만들다
38세 여전히 노래는 내 인생의 힘! 밝고 즐겁게 방송작가 일을 하고 있다

나는
장애인이
아니라
이진희입니다

어려서부터 심한 선천성 골형성부전증(선천적으로 뼈 속에 골이 생성되지 않는 증상)이라는 희귀한 병을 앓았습니다. 이름보다 장애인이라는 호칭이 더 익숙하지만, 마음과 정신은 더 강해졌습니다. 일 년 중 절반을 병원에서 살면서도 초중고 모두 일반 학교를 다녔습니다. 일반 대학의 높은 계단에 좌절해 방송통신대학 컴퓨터학과를 다녔습니다. 졸업 후에는 인하대학교에서 석사를 마쳤고 동대학원 박사 수료 후 졸업을 앞두고 있습니다. 걷거나 서는 것은 힘드나 손을 사용하는 일은 자유롭게 할 수 있기에 지금은 전동 휠체어를 타고 일과 강의를 병행합니다.

어렸을 때는 약사가 꿈이었지만 생각이 바뀌었습니다. 정보산업에 일익을 담당하는 전문가가 되고 싶습니다. HCI(인간과 컴퓨터의 상호작용), 즉 인간이 편리하고 즐겁게 사용할 수 있는 컴퓨터 시스템을 개발하고 있습니다. 저는 특히 장애인과 노인, 그리고 발달 장애 아동을 위한 시스템 개발에 관심이 많습니다. 시각장애인이 착용할 수 있는 보행 시스템을 개발했고, 치매 노인의 이동을 돕는 시스템도 개발 중입니다.

외면당하기 쉬운 사람들을 지켜보고 그들이 좀 더 편한 삶을 살 수 있도록 작은 도움을 주는 게 저의 바람입니다. HCI는 아직 가야 할 길이 먼 분야입니다. 열심히 연구해 완성도를 높여 많은 이들을 돕고 싶습니다.

이진희

 1세   태어난 지 며칠 만에 병원에 입원, 8개월을 머묾
14세   공부에 흥미를 느낌. 전교 1등을 놓치지 않게 됨
21세   약사의 꿈을 포기하고 독학으로 가능한 컴퓨터에 관심을 가짐
29세   독학으로만 공부하다가 처음으로 대학원에 가서 동료들과 함께 연구를 함
35세   대학 강단에서 강의를 함
37세   박사 과정 졸업을 앞두고 연구에만 몰두!

나는 꿈을 믿는 바보

나는 청각 장애인이다. 안 그래도 만만치 않은 취업은 장애 탓에 아예 넘지 못할 높은 벽이 되어버렸다.(청각이나 시각 장애인이 지체 장애인보다 취업이 더 힘들다는 사실!) 어렵게 취업을 했지만 회사는 내게 제대로 된 일을 시키지 않았다. 그만둘 수밖에 없었다.

남아도는 시간을 컴퓨터와 함께 보내다가 컴퓨터를 통한 봉사에 눈을 떴다. 컴퓨터는 없어서는 안 될 문명의 이기인데 우리 주변에는 컴퓨터가 없는 사람이 많다. 있더라도 오래되거나 망가져 쓰기 어려운 경우도 많다. 그런 분들에게 컴퓨터를 선물하고, 무상으로 수리해주면 어떨까 하는 생각을 했다.
나는 가까운 이웃들부터 돕기 시작했고, 규모가 커지자 동호회를 만들었다. 그 결과 지금은 국내에서 가장 큰 규모의 컴퓨터 봉사 동호회(좋은사람들 동호회)가 되었다. 후원금도 받지 않고 오직 사재를 털어서 이룬 곳이라는 게 조그마한 자랑거리다.

앞으로 이 일에 더 열정을 바치고 싶다. 연애하고 장가가는 것보다 더 간절한 꿈은 작은 사무실을 하나 갖추는 것이다. 그래서 도움이 필요한 사람이 있는 곳 어디에나 가서 도울 수 있는 시스템을 만드는 것이다. 끈질기게 밀어붙이면 결국 이룰 거라 믿는다. 돈도 안 되는 일에 열정을 바치는 나는 바보다. 그러나 꿈을 믿는 바보다.

황보 민

 9세   학교에 있는 특수 학급에 들어감
18세   첫 월급을 탐
27세   사회복지의 중요성을 깨닫고 대학에 진학함
30세   헬렌 켈러와 간디의 정신에 반하다
35세   생애 첫 자전거를 장만함
41세   운영하던 <좋은 사람들> 동호회가 올해로 13년을 맞이함
       세상과 소통하고 싶은 힘든 노력 속에서도 함께 하는 사람들이 있어서 행복하다.

0.01밀리미터의 오차 그리고 삼각함수

한때는 저도 평범한 회사원이었습니다. 그러나 몸에 맞지 않는 옷을 입은 듯 늘 조금은 불편하고 불안했습니다. 다른 무언가를 해야겠다는 생각도 못했습니다. 그저 하루하루 일상을 살아내기에 바빴으니까요. 그러다가 아내를 만나 서로의 꿈과 적성을 얘기하면서 꿈에 대해 생각하게 되었습니다. 30대 중반이라는 적지 않은 나이였지만 하고 싶은 일에 대해 심사숙고했습니다. 긴 고민 끝에 내린 결론은 새로운 길이었습니다. 기계 조작에 관심이 많았던 저는 3D업종이라 불리는 엔지니어가 되기로 결심했습니다. 아내도 적극적으로 지원해주었습니다. 저는 한국폴리텍대학 컴퓨터응용기계과에 들어가 자격증을 취득했고, 수석으로 졸업했습니다.

직종을 변경한 지 얼마 되지는 않았지만 저는 꿈과 비전을 찾았습니다. 남들보다 늦게 뛰어들었지만, 그런 만큼 더 열심히 노력해서 0.01밀리미터의 오차도 허용하지 않는 최고의 엔지니어가 되고 싶습니다. 매일매일 삼각함수와 씨름하며 간혹 시행착오도 겪지만 날마다 조금씩 발전하는 제 모습에 스스로 뿌듯하기도 합니다. 무엇보다도 제가 선택한 길이니까요.

박문수

10세   장난감이 없어 팽이, 썰매, 연 같은 것들을 직접 만들어서 놀았음
17세   고물 자전거를 수리해서 타고 다님. 필요한 물건은 대부분 만들어 사용하는 경지에 도달함
20세   소심한 성격을 고치기 위해 마라톤 동호회에 가입함
35세   마라톤 동호회에서 나를 맥가이버로 여기는 아내를 만나 단란한 가정을 이룸
36세   재미없고 지루하기만 했던 직장을 과감하게 때려치우고 엔지니어의 길을 택함
41세   1979년 회사 창립 이래 최초로 한 번에 두 단계 승진의 쾌거를 이루어낸 사람이 됨

40

된장녀의 꿈

요즘 새로운 사업 준비에 한창이다. 시어머니는 오랜 세월 동안 전통 음식을 개발해오셨다. 그러나 안타깝게도 그 귀한 솜씨를 아무도 전수받으려 하지 않기에 내가 나섰다. 이 기회를 살려 아예 제대로 된 기업으로 키울 참이다.

음식은 단순히 먹고 마는 것이 아니다. 음식 속에는 이야기가 있고, 삶이 있다. 그래서 나는 우리 전통 음식 속에 담겨 있는 우리 고유의 좋은 것을 개발하고 연구하는 일에 전력을 다할 것이다. 특히 다문화가정을 이룬 이주 여성들에게 많은 관심을 갖고 있다. 그들에게 우리 음식 문화를 제대로 알리는 것은 이 시대를 위해 꼭 필요한 일이라 생각한다.

이왕 하는 것, 제대로 해보련다. 공장을 짓기 위해 동분서주하고 있으며, 5년 후에는 대학원에도 갈 생각이다. 덕분에 막내딸과 함께 영어 공부에도 열을 올리고 있다.
10년 뒤의 목표도 정해놓았다. 우리의 전통 음식과 문화를 세계에 알릴 수 있는 전통 음식 학교와 연구소를 세우는 것이다. 이것이 새로운 된장 소스 개발에 미쳐 있는 이 된장녀의 진정한 꿈이다.

박정미

19살 고3임에도 공부하기 싫다는 이유만으로 시위에 가담함
23세 간호사 국가고시에 합격함
33세 세 아이의 엄마가 됨
37세 트롬본의 매력에 빠져 악기를 배우기 시작함
38세 전국 소셜 벤처 성장 공모전에서 당당히 대상을 수상함
40세 새로운 된장 소스 개발에 열중

41

나쁜 아빠, 좋은 아빠를 꿈꾸다

제 꿈은 좋은 아빠가 되는 겁니다. 이상하게 들릴 수도 있습니다. 지금까지는 좋은 아빠가 아니었다는 뜻이니까요.
맞습니다. 저는 좋은 아빠가 아니었습니다. 물론 사연은 있습니다.

6년 전 KBS에서 방영하는 <우리말 겨루기>를 보게 되었습니다. 재미있고 도움도 많이 되는 프로그램이었습니다. 저는 <우리말 겨루기>에 도전해보기로 마음을 먹고는 본격적인 공부를 시작했습니다. 그런데 제겐 방해물(?)이 있었습니다. 바로 두 아들입니다. 국어사전을 펼쳐놓고 공부하다 화장실에 간 적이 있었는데 그 짧은 순간을 못 참고 아이들이 국어사전을 엉망으로 만들어버렸습니다. 화를 간신히 억눌렀습니다. 그 다음부터는 놀아달라는 두 아들을 피해 이리저리 도망 다녔습니다. 갈 곳을 못 찾아 차 안에서 공부하다 잠이 든 적도 있었습니다. 두 아들의 원성을 받으며 공부에 몰두한 결과 작년에 드디어 필기시험에 1등으로 합격했습니다. 그러나 기쁨도 잠시, 저는 방송에 출연해 참담한 실패를 맛보았습니다.
그제야 두 아들이 보였습니다. 처음 공부를 시작했을 때 네 살과 두 살이었던 두 아들이 어느덧 열 살과 여덟 살이 되었습니다. 훌쩍 커버린 두 아들을 보니 너무나 미안한 마음이 들었습니다. 늦었지만 이제부터라도 좋은 아빠가 되어야겠다고 생각했습니다. 그래서 며칠 전에 큰마음을 먹고 텐트를 샀습니다. 두 아들의 좋아하는 모습에서 행복이 무엇인지를 알게 되었습니다. 결국 우리 가족은 그날 거실에 텐트를 치고 잠을 잤습니다.

아이들에게 물려줄 것 하나 없는 살림이지만 아빠 엄마와 함께한 추억만큼은 누구보다 많이 물려주고 싶습니다. 그러면 나쁜 아빠가 좋은 아빠로 바뀌는 꿈은 저절로 이루어지지 않을까요?

김대성

13세　동네 아이들과 싸움을 벌여 일인자로 등극함
28세　막노동 생활을 하며 전국 방방곡곡을 떠돌아다님
29세　광양 제철소에 입사
33세　요리를 좋아하는 아내 덕분에 20킬로그램이 불어 곰으로 변함
40세　<우리말 겨루기> 필기시험에 1등으로 합격한 후 방송에 나가 대망신을 당함
41세　좋은 아빠가 되기 위해 행복한 고민을 하는 중
43세　두 아들에게 주기 위해 무려 240쪽에 달하는 책을 만들었음
44세　등단을 꿈꾸며 수필도 쓰고 시도 쓰며 글쓰기에 몰두하는데
　　　　동시를 쓰는 것이 가장 재미있음

42

사회적 기업을 꿈꾸는 빵집 주인

서른일곱 살에 제 이름을 단 동네 빵집을 열었습니다. 바로 '고재영 빵집'입니다.
자기 이름을 건다는 것은 책임을 지고, 최선을 다하겠다는 뜻입니다.
그래서 열심히 빵을 만들고 있습니다.
이름에 걸맞은 맛있고 몸에 좋은 빵을 만들기 위해서 말입니다.

사실 제 진짜 꿈은 혼자가 아닌 여럿이 빵을 만드는 것입니다.
당장은 어렵습니다.
그러나 시간이 조금 더 흐르고 경력이 더 쌓인다면 가능할 수도 있을 겁니다.
어르신들과 빵을 만들고 싶습니다.
어르신들에게 나이 들어서도 일할 수 있다는 자신감을 심어드리겠습니다.
장애를 가진 친구들과 빵을 만들고 싶습니다.
장애가 있어도 일을 할 수 있다는 희망을 안기겠습니다.
방황하는 청소년들과 빵을 만들고 싶습니다.
제 기술을 전수해 미래를 꿈꾸게 하겠습니다.

제가 만든 빵, 아니 우리 모두가 만들게 될 빵을 더 많은 분들에게 맛보이기 위해,
지금보다 더 많은 곳에 봉사하기 위해 오늘도 열심히 빵을 만듭니다.

지금은 비록 동네 작은 빵집의 주인이지만,
미래의 저는 빵을 통해
세상에 기여하는 사회적 기업의 꿈을 이룬 사람이 되어 있을 것입니다.

고재영

19세 빵을 만드는 회사에 취직해 첫 월급을 받다
22세 첫 기부를 하다. 그 아이는 지금 잘 살고 있을까?
28세 악마, 천사를 만나다
31세 천사와 악마가 숲에서 궁중 혼례를 치름
37세 처음으로 내 빵집을 차림
42세 내 꿈을 이루기 위해 열심히 정진 중
44세 나눔을 실천하는 미리내 가게 운동에 동참, 미리내 가게 군포 1호점이 됨

43

정종옥

러브, 러브하우스!

우리 집은 별 걱정없이 평안하지만 다른 이들도 다 그렇지는 않다. 하루하루 살아가기도 어려운데 국가의 혜택조차 받지 못하고 사는 이들이 주변에도 많다. 그 이웃들에게 편안함과 아늑함을 선사하는 것이 내 꿈이다.

나는 현재 산사모(군포 산본을 사랑하는 사람들의 모임)의 나눔회에서 기술 팀장이라는 감투를 받아쓰고 있다. 생활이 어려운 이웃들의 집을 고쳐주는 일을 하라고 받은 감투다. 물론 집을 대대적으로 고치는 것은 엄두도 못 낸다. 도배를 하고, 장판을 교체하고, 페인트칠을 하고, 싱크대를 고쳐주는 정도다. 하지만 앞으로의 꿈은 크다. 부지를 확보해 어려운 이웃이 쉴 수 있는 집을 짓고 싶다. 나는 꽤 성실한 편이다. 게다가 뒤에는 내 꿈을 돕는 가족들이 있다. 이것저것 따져 계산해보면 10년이나 15년 후에는 가능할 것 같다.

내가 가진 기술을 이용해 집을 짓고, 그 집에 사는 이들의 이야기를 들어준다는 생각만으로도 행복하다. 지금 하고 있는 사업이 더 잘되도록 열심히 연구하고 노력해야겠다. 그래야 기부도 많이 할 수 있고, 내 꿈에도 더 가까워지게 될 테니까.

꿈을 되살려준
일기장

해맑게 웃는 아이들이 좋아 유치원 교사를 꿈꾸었었지요.
그런데 대학을 졸업하자마자 결혼을 하고, 곧바로 아이들을 낳아 기르다보니
정신이 없어 꿈을 접었습니다. 그러다가 서른여섯에 늦둥이를 낳았습니다.
어떻게 하면 아이를 잘 키울 수 있을까 싶어 책을 찾다가 예전에 쓴 일기장을 발견했습니다.

"언니네 어린이집에 있으면 시간가는 줄을 모르겠다.
아이들과 함께하면 나까지 동심으로 돌아가는 것 같다."

잊고 살았던 꿈이 다시 떠올랐습니다.
어린아이들과 함께하고 싶다는 생각을 버릴 수가 없었습니다.
결국 저는 보육교사 교육원에서 자격증을 따서 어린이집에 들어갔지요.
따지고 보면 일석이조인 셈입니다.
늦둥이 아들 교육은 물론, 아이들과도 시간을 보낼 수 있게 되었거든요.

꿈을 나 이룬 것이냐고요? 아닙니다.
지금은 시누이가 하는 어린이집에서 교사로 일하지만
언젠가는 직접 어린이집을 운영하고 싶습니다.
아이들의 웃음과 노래가 흘러넘치는 어린이집, 상상만 해도 행복합니다.

임오순
14세 대전여중에 입학해 처음으로 버스를 탐
21세 소개팅을 통해 지금의 남편을 만남
23세 결혼 생활 시작
36세 건강한 늦둥이 아들을 출산
40세 보육교사 교육원에 입학
41세 어린이집 교사 시작

우아한 이브닝드레스 입기

60대에 등이 파인 이브닝드레스를 입는 것!
이브닝드레스는 그 자체가 꿈이라기보다는 꿈을 설명하기 위한
리얼한 상징이지요. 노년의 나이에 섹시한 이브닝드레스를 거리
낌 없이 선택할 수 있다는 건 사고가 늙지 않고 유연하다는 증거
겠지요. 그런 드레스를 소화하려면 늘 운동하고 건강에도 신경
을 써야 가능하겠고요.
등이 훤히 드러나는 우아하고 섹시한 드레스를 입고 다닐 기회
가 60대에도 있다는 건 즐거운 삶을 살고 있다는 것이겠지요. 축
하받을 일이 많다는 뜻일 수도 있고, 재미있고 독특한 사람들과
어울리면서 즐겁게 산다는 의미도 될 수 있겠네요.

즉, 60대가 되어 등이 시원하게 파인 이브닝드레스를 입는다는
건 성공적인 삶을 살고 있다는 뜻인 거예요. 이브닝드레스는 그
명백한 상징이겠고요.

원영진

11세   저축 관련 글짓기에서 수상. 글쓰기에 재미 붙이기 시작
15세   학교 대표로 글짓기 대회 참가. 나의 앞길을 열어준 국어 선생님 만남
25세   첫 직장, 첫 월급
33살   애 키우며 밤새 글 쓰는 재미에 빠져 작가로 변신, 등단
37세   영화 현장에서 장동건을 보고 남자 보는 눈을 업그레이드하기로 함
43세   '모든 사랑'에 드디어 관대해지는 나 자신을 경험함. 다시 사랑할 자신이 생김
48세   중국 회사와 시나리오 계약 성공. 한국과 중국 두 나라 모두에 도움을 줄 수 있는
       작가를 꿈꾸고 있음

삶이 쉬어 가는
찻집을 꿈꾸며

눈 깜짝할 사이에 46년이 흘렀다. '꿈'이란 말도 낯설다. 어릴 때는 교사나 간
호사가 되고 싶었다. 어린 동생 넷을 둔, 가난한 소작농의 맏딸에게 꿈은 말
그대로 저 먼 곳에 있는 닿을 수 없는 것이었다. 동생들의 꿈을 위해 일찌감치
내 꿈을 지웠다. 스물다섯에 결혼할 때까지 직장에서 열심히 돈을 버는 게 내
일이었다.
결혼 후에는 시계가 더 빨리 돌아갔다. 아이들이 중학교, 고등학교에 들어가
면서는 아이들 꿈에 대해 고민했다. 내 꿈은 들어설 자리가 없었다. 그렇게 잊
고 살았지만 그래도 꿈은 신기하게도 슬며시 내 가슴에 자리를 잡았다.

지금 나는 보험설계사로 일하고 있다. 10년 넘게 일을 하면서 많은 사람을 만
났다. 그들과 함께 울고 웃으면서 소박한 꿈 하나를 품게 되었다. 비싸지 않은
허름한 옛집을 사서 남편과 함께 찻집을 하는 것이다. 숨 한번 크게 내쉴 겨를
없이 퍽퍽하게 살아가는 사람들이 잠시 쉬었다 가는 공간으로 꾸미고 싶다.
찻집 한구석은 레코드판으로 채우련다. 20대에 무척 좋아했던 '다섯손가락'
음반도 꼭 구해 넣어야겠다. 음반 커버에서 보컬 임형순의 얼굴을 다시 볼 생
각을 하는 것만으로도 가슴이 벅차다. 아들이 대학에 가면 이제 나의 작은 꿈
을 이루기 위해 하나둘 준비를 하고 싶다.

여인숙

13세 동생들 보느라 힘이 부쳐 헉헉대던 시절. 올보인 막내 여동생 달래기가 가장 힘들었음
20세 주위에서 미스코리아 대회에 나가라는 말을 듣고 서울로 감
25세 첫눈에 반한 남자와 결혼함
40세 좋은 실적을 올려 남편과 함께 홍콩, 발리 등으로 해외 나들이를 다녀옴
43세 회사 사보에 실림

47

한종구

전원으로 돌아가리라!

<남자의 자격>의 김국진, 김태원처럼은 못 되더라도(두 사람이 나와 같은 나이라니!) 사랑하는 아내와 함께 책 읽고 음악 들으며 유유자적하게 보내되, 건강한 삶을 살고 싶다. 그래서 생각한 게 바로 전원에서 사는 꿈이다.

앞마당에는 부추, 참나물, 상추 등을 기른다. 배가 고프면 필요한 만큼 뜯어다가 들기름, 고추장, 된장을 넣고 비벼 먹는다. 상상만 해도 즐겁다.

전원에 살면서 아내와 함께 자그마한 일을 벌여도 좋을 것 같다. 돈보다는 즐거움을 위한 일로 말이다. 조금 더 욕심을 내자면 친한 친구들과 공동체를 형성하여 같이 사는 것이다. 전원 속에서 같이 땀 흘려 일하고, 같이 이야기 나누고, 노래하며 살면 건강하고 즐겁게 인생을 마무리할 수 있을 것 같다.

48

김미영

1세   딸이 귀한 집안에 태어나 단숨에 공주로 등극함
14세   이른바 B급 애정소설에 눈뜸
18세   심한 사춘기를 견디다 못해 가출을 결심함. 그러나 5천 원이 없어 실패함
23세   첫사랑 실패로 심하게 방황함
48세   봉평에 가서 소금 같은 메밀꽃을 보고 감동을 받음
50세   오늘이 가장 젊은 날이라는 생각으로 하루하루 열심히 살고 있다

'마당을 나온 암탉'은 바로 나!

마흔여덟, 삶이 녹록치만은 않은 나이지만 나는 여전히 꿈을 갖고 있다. 바로 동화 작가가 되는 꿈이다.

나는 10년째 독서 교사로 일하고 있는데 7년 전 『마당을 나온 암탉』을 읽고 크나큰 감동을 받았다. 암탉의 용기는 내 가슴을 두드려 눈물을 쏟게 만들었다. 동화는 아이들만 보는 게 아니다. 동화 속에는 우리가 간직한 순수함과 세상을 보는 맑은 시선이 담겨 있다. 세상 많은 이와 교감할 수 있는 동화를 쓰는 작가가 되고 싶다. 서점에 가면 알록달록한 그림과 아름다운 색깔이 돋보이는 동화책을 꺼내 읽고 감동에 빠지며 동화 작가가 될 그날을 그려보곤 한다. 그러기 위해서는 내 마음도 곱게 닦아야겠지. 그래야 세상을 편견 없이 볼 수 있는 아름다운 책을 쓸 수 있을 테니.

49

김병이

글로벌 프렌드를 위한 10년 계획!

어린 시절 기차역은 내 꿈의 장소였다. 출발하고 도착하는 사람들을 넋을 잃고 바라보다가 사람들이 뜸해지면 열차 운행표를 보았다. 작은 시골역인 까닭에 몇 번 보면 다 외울 정도였지만 그래도 눈을 떼지 않았다. 그 길지 않은 운행표는 내게 낯선 세계로 가는 티켓이었다.

30대 중반이 되자 오랜 시간 묻어두었던 여행 본능이 되살아났다. 어린 시절처럼 운행표를 보며 환상 여행을 할 필요는 없었다. 해외로 여행을 떠났다. 유명 휴양지도 방문하고, 책에서만 보았던 문화유산도 탐방했다. 돈과 시간을 투자할 만한 가치가 충분했다. 그러나 내가 가장 좋게 느꼈던 것은 현지인들의 소박한 미소와 친절이었다. 말도 잘 통하지 않는 그들과의 짧은 인연은 내 마음에 큰 기쁨으로 다가왔다. 그들을 통해 나는 내 삶을 되돌아보고 더 사랑하게 되었다.

10년 후면 교단을 떠나 인생의 2막을 살게 된다. 은퇴 후 할 일은 벌써 정해놓았다. 여행 중에 받았던 따뜻한 미소와 친절을 다른 나라 사람들에게 되갚아줄 생각이다. 자그마한 게스트하우스를 열어 한국의 미소를, 우리의 따뜻한 정을 나눠주려고 한다. 게스트하우스에 묵는 이들을 위해서 대금이나 단소 연주를 들려주리라. 그들이 떠나는 날에 합죽선(合竹扇)에 붓으로 멋진 시조 한 수 적어주고는 따뜻한 이별을 하리라.

미래에 만날 내 귀한 손님을 위해 하루하루를 열심히 준비하며 살아야겠다. 꿈이 있는 사람은 변하지도 퇴색하지도 않는다는 말처럼 글로벌 프렌드를 위한 꿈을 안고 살아가는 나의 삶은 이전보다 더욱 행복하고 풍요롭다.

50

이순덕

14세 중학교에 너무도 가고 싶어서 학교를 구경하러 가곤 했다
20세 마늘밭을 샀다. 마늘 농사가 잘되어 친정집 형편이 좋아지기 시작함
26세 지금의 남편을 만나 결혼
49세 부부가 처음으로 제주도행 비행기를 탔다
50세 10년 전에 꿈꾸었던 학교를 드디어 다니게 되어 눈물 나게 행복함

판사보다도
더 하고 싶은 것은?

나는 유자로 유명한 전남 고흥에서 3남 4녀 중 막내로 태어났다. 아버지가 일찍 돌아가셔서 홀어머니 밑에서 초등학교만 겨우 졸업했다. 이게 평생 아쉬움으로 남아 있었다.

6개월 전, 그렇게 하고 싶었던 공부를 드디어 시작했다. 성적은 별로지만 정말 행복하다. 하나하나 배워가는 게 너무도 재미있다. 기뻐하는 내 모습을 보고 아들딸은 제2의 인생을 사는 것 같다고 말한다. 책을 펴놓고 있으면 남편은 판사라도 될 거냐며 농을 던진다. 판사? 못할 것도 없겠지만 나에게는 다른 꿈이 있다.
우리 시어머니는 앞이 보이지 않는 분이다. 자원봉사자들이 찾아와 시어머니의 말동무가 되어준다. 그분들을 보며 나는 자연스레 봉사활동을 시작했고 사회복지에도 눈을 돌리게 되었다. 건강만 허락한다면 대학에 가서 사회복지를 전공하고 싶다. 그래서 우리 집을 요양병원으로 꾸미는 것, 그것이 나의 꿈이다.

늘 꿈만 꿔오던 학교 공부도 시작했다. 요양병원을 차리는 새로운 꿈도 언젠가는 분명 이루어질 것이라 믿는다.

꿈을 꾸는 이 순간, 나는 정말 행복하다.

51

한옥희

한 장의 멋진 사진을 위해

우연히 친구를 따라 간 사진 동호회에서 나의 꿈을 찾았다. 엄마와 아내의 삶밖에 몰랐던 내게 새로운 세계가 열린 기분이랄까? 이제는 사진의 깊고 오묘한 느낌에 푹 빠져버렸다. 그래서 한 달에 한 번은 우리나라 구석구석으로 사진을 찍으러 가고, 부족한 이론 공부에도 아낌없이 시간을 투자하고 있다.

열심히 배우고 노력하면 언젠가는 나의 느낌을 온전히 표현하는 멋진 사진을 찍으리라는 것이 나의 믿음이다. 지쳐 있는 사람들이 내 사진을 통해 평온함을 느낄 수 있다면 정말 최고의 기쁨일 것이다. 그렇게 한 장 한 장 찍어나가면 언젠가는 전시회도 열 수 있겠지? 작은 공간이어도 좋다. 내 사진들을 모아 보여주는 것만으로 충분하다.

오늘도 내 카메라에는 수많은 사진들이 담겼다가 사라진다. 아직은 만족보다 부족함이 더 크다. 그러나 포기하지 않을 것이다. 한 장의 사진을 얻기 위해 셔터를 누르고 또 누르련다. 작은 전시회를 여는 그 순간까지 포기하지 않으리라. 나의 꿈이여, 꼭 이루어져라!

52

세상 좀 덜 더럽히면서 살렵니다

16년 동안 금융기관에 몸담았습니다. 베이비붐 세대인 우리 세대가 대부분 그러하듯 앞만 보고 성실하게 살았습니다. 열심히 일한 덕에 회사에서 인정도 받고, 부자는 아니어도 크게 부족한 것 없이 남부럽지 않게 지냈습니다. 그런데 세상일은 참 알 수 없더군요. IMF 시기에 회사가 어려워지더니 결국 그 이듬해에 문을 닫고 말았습니다. 고민 끝에 고향인 청주로 낙향했습니다. 그리고 운 좋게도 전직 동료와의 인연으로 한 조경업체를 알게 되었고, 그렇게 시작하게 된 것이 지금 하는 조경 자재 생산업입니다. 거창하게 들리지만 조경 자재 생산이라는 게, 한마디로 말하면 퇴비 만들고 거름 만드는 일입니다. 냄새 나고 돈도 별로 안 되니 당연히 사람들이 꺼려하는 일이지요. 3D업종 중에서도 가장 피하는 일일 겁니다. 하지만 버려진 폐기물을 재활용하여 재생산하는 일이니 요즘 말로 친환경적인 사업입니다. 저는 친환경이 뭔지는 잘 모르겠고, 그저 세상 덜 더럽히는 사업이라고 생각합니다.

주변에서는 조금이라도 더 젊을 때 전망 좋은 다른 일을 해보는 게 어떠냐고 말하기도 합니다. 하지만 남들 다 조금씩은 세상을 더럽히면서 살 때 그래도 세상 덜 더럽히는 일을 하고 있다는 그걸로 만족합니다. 도시에서 일을 해야 돈을 더 많이 벌 수 있다고 말들 합니다. 하지만 한 시간 반씩 걸려가며 지하철로 출퇴근하던 때로 돌아가고 싶지는 않습니다. 왕복 세 시간을 매일 땅속에서 어떻게 지냈을까 싶네요.

지금은 뭐니뭐니 해도 사람 사는 것처럼 살고 있습니다. 앞으로도 저는 비록 돈은 많이 못 벌더라도, 냄새나고 힘들더라도 그저 세상 좀 덜 더럽히면서 지금처럼 느리게 살렵니다.

신동수

 4세   형님 두 분이 돌아가셔서 졸지에 장남으로 승격됨
15세   왜소한 체격과 소심한 성격으로 왕따 신세가 되었으나 수호천사 같은 친구에게 구원을 받음
30세   동생 소개로 만난 미모의 여인에게 반해 3개월 만에 결혼에 성공
40세   졸지에 직장을 잃고 청주로 낙향
52세   여전히 미모가 빛나는 아내, 그런대로 자기 앞가림은 할 줄 아는 세 아이들, 82세 아버지를 모시고 잘 살고 있음

53

꿈을 가집시다, 꿈은 공짜예요!

나이를 먹을수록 꿈이 많아지는 나는 좀 어수룩한 사람이거나 철딱서니 없는 사람인지 모르겠다. 하긴 꿈이 너무 많으면 그건 꿈이라보다는 욕심일 수도 있겠다. 강원도 진부에 조그맣게 집을 짓고 나무를 심고 꽃을 키우며 살고 싶었다. 이장님 댁 당근 심는 일에 막걸리 놓고 말참견하며, 고사리나 캐고 빈둥거리며 살다가 조금씩 꽃도 내다 팔며 사는 것이 꿈인 적도 있었다. 그러다가 그 꿈이 조금 커져서 일 년에 삼 개월은 진부에서, 삼 개월은 서울에서, 또 삼 개월은 제주도에서, 나머지 삼 개월은 적도의 따뜻한 남국에서 사는 것이 꿈인 적도 있었다.

'있었다'라고 표현하니까 지금은 꿈이 아니라고 생각할지 모르겠으나 사실 꿈의 서열에서 좀 밀려났을 뿐 아직도 유효한 꿈이다. 좀 작은 꿈도 있는데 서양 철학을 플라톤 이전부터 동시대의 철학까지 죽 공부하고 싶다. 바슐라르의『촛불의 미학』을 졸지 않고 완독하고도 싶고, 상대성 이론과 양자 역학에 대해서 좀 더 단단하게 알고 싶은 꿈도 있다. 좀 덜 고상한 꿈은 친구들하고 밤새 놀고 떠들고 술 마셔도, 그리 많이 취하지 않고 아픈 데도 없어서 다음 날 아무 지장 없이 지내고 싶은 것이다. 슬프게도 이 꿈은 벌써 팔십 퍼센트 이상 깨져가고 있다.

사진 작업을 해오다가 얼마 전에 조그맣게 개인전을 열었다. 나름 열심히 준비해서 부끄러움을 면할 정도의 전시가 되었다. 전시 첫날부터 지금까지 묘하게 식지 않는 욕구가 있는데, 두 번째 전시는 더 좋은 작품을 만들고 싶다는 욕구가 그것이다. 내 사진 작업이 허허벌판에서 설치 작업과 촬영을 동시에 진행하는 것이라서 첫 번째 전시까지의 과정이 많이 고통스러웠는데, 이제는 그 고통을 더욱 더 크게 짊어지고 가고 싶은 것이 내가 꿈꾸는 것이다. 아마 철없다는 말이 맞는 것 같다. 하지만 꿈은 꾸어야 꿈이 되고 희망이 되는 것이며, 삶은 노력과 고통의 물을 주어야 단맛이 나는 법이다.

마지막으로 또 하나 슈퍼 울트라 강렬한 꿈이 있다. 이 꿈은 조금 야하기도 하고 찐하기도 하고 콩닥 콩닥 가슴 벅차기도 한 꿈이어서, 이 글을 읽는 분들이 시새움할까봐 생략한다. 하하하. 꿈을 가집시다. 꿈은 공짜예요!

김민호

 6세 세발자전거 타기에 심취. 내가 세계에서 가장 잘 타는 줄 알았음
12세 학교보다는 만화방으로 등교
18세 고등학교 방송반에 가입함
43세 사진 공부를 시작함
50세 「오십」이란 시를 씀

54

남편에게 캠핑카를 사줄 거예요!

아호! 신난다. 남편에게 캠핑카를 사줄 것을 생각하면 에너지가 마구마구 솟아나 온몸을 뛰어다닌다.

나는 지금까지 참 열심히 살아왔다. 초등학교 4학년 때의 꿈대로 사회복지사가 되었고, 어려운 이들을 돕기 위해 월급의 10퍼센트를 적립하는 통장도 벌써 3년째 유지하고 있다. 이제는 인연 닿는 이들을 조금씩 도와줄 여력을 갖게 되었다. 이런 내가 좋다. 참으로 행복하다. 이게 다 남편 덕분이다.

남편은 트럭 한 대로 우리 가족을 먹여 살려왔다. 그동안 남편에게 받을 줄만 알았지 주지는 못했다. 이제 남편에게 기쁨과 행복을 되돌려줄 때가 되었다. 그래서 생각한 것이 작은 캠핑카다. 남편과 함께 우리나라 일주를 하고 싶다. 원하는 곳이면 어디나 차를 세워 머물다 싫증이 나면 다른 곳으로 떠나는 것이다.

우리 집에서 가까운 안양유원지에 예쁜 캠핑카 한 대가 서 있는 것을 보았다. 주인을 만나러 가야겠다. 캠핑카의 장단점을 알려면 경험자에게 묻는 게 가장 좋겠지.

이월례

15세 마을과 학교에서 사랑을 듬뿍 받음
24세 남편에게 푹 빠져 결혼함. 그러고는 후회함
37세 결혼 생활의 갈등이 최고 수위에 달함
40세 사회복지사로 직장 생활을 시작함. 나를 가장 아프게 한 남편이 실은 내 인생의 스승임을 깨달음
50세 재가복지센터를 개업함. 불교를 통해 평화와 행복을 얻음
54세 매 순간순간 열심히 살았다. 다 고맙고 감사할 뿐

55

사람을 살리는, 시(詩)

오십이 넘도록 '나'라는 것은 생각도 하지 않고 살았습니다.
그러던 어느 날 갱년기가 찾아왔습니다.
허망했습니다. 가족들은 바쁘고 분주했지만 나는 할 일이 없었습니다.
'나는 누구일까? 무엇을 위해 살아왔나?' 하는 질문이 마음에서 떠나지 않았습니다.
불면증과 거식증이 생겼습니다.
보다 못한 딸아이가 뭐라도 좋으니 한번 해보라고 권유했습니다.
멋지게 시를 낭송하는 꿈이 생각났습니다. 복지관에 갔습니다.
시 낭송을 배우고, 창작 교실의 문도 두드렸습니다.
믿기지 않는 일이 일어났습니다.
시 낭송 대회에 참가해 본선까지 올랐고, 시를 써서 상도 받았습니다.
내친 김에 자서전 작가 양성 과정에도 등록하고 시 낭송 지도자 자격증도 땄습니다.
죽음의 늪에서 헤매던 저였습니다.
이제 대인기피증과 우울증은 모두 옛날이야기가 되었습니다.
나를 위한 꿈도 비로소 갖게 되었습니다.
제 이름이 새겨진 책을 서점에서 만나는 것입니다.

나이 오십이 넘어서야 제 꿈을 발견했습니다.
열심히 읽고 써서 '영혼을 따뜻하게 해주는 작가'가 되겠습니다.

김경란
 9세   일곱 시간 반 동안 눈 수술을 받음
14세   한쪽 눈 실명, 세상의 반을 잃음
21세   결혼
52세   새로운 꿈에 도전. 비로소 삶의 날개를 달다
55세   전국시낭송대회에서 은상을 받아 시 낭송가가 됨
58세   나만의 자서전을 출간함
       시낭송 지도사 자격증을 따서 지금은 지역 평생학습센터에서
       시낭송을 가르치는 선생님이 되었음

56

김석분

꽃의 섬 거금도에 가고 싶다

거금도를 아시는지? 소록도 바로 아래에 있고, 녹동항에서 엎어지면 코 닿을 거리에 있는 거금도는 남편의 고향이다. 나의 꿈은 파란 물결이 넘실대는 그곳 거금도로 내려가는 것이다.

거금도는 아름다운 섬이지만 이상하게도 꽃이 거의 없다. 오직 갯벌의 향취만 가득하다.

그곳에 내려가 계절에 어울리는 꽃을 심어 화사한 꽃동네를 만들고 싶다. 봄에는 튤립과 수선화, 장미를 심고 라일락 향기도 그윽하게 나게 하고 싶다. 여름에는 백일홍과 강아지풀, 채송화를, 가을에는 들국화와 코스모스를 춤추게 하고 싶다. 섬 곳곳에 갖가지 꽃을 심어 꽃향기를 그리워하는 육지 사람들이 언제든지 오고 싶어 하는 섬을 만들 것이다.

거금도가 꽃의 섬으로 거듭날 날을 생각하니 마음 한구석이 저절로 짠해진다.

57

모두가 잠든 시간, 책상 앞

나는 대기업의 고객안내센터에서 경비 일을 한다. 대기업에서 명예퇴직을 한 뒤 긴 고심 끝에 잡은 일이다. 전문기술인으로 30년 넘게 근무한 회사에서 다시 경비 일을 한다는 게 쉬운 결정은 아니었다. 내 삶을 무의미하게 흘려버릴 수는 없다는 생각에 용기를 냈다.

이 일을 시작한 지 벌써 8개월이 다 되어간다. 경비라는 직업이 원래 3교대 근무인 데다 개인 시간을 갖기도 힘든 터라 하루에도 수십 번 그만 둘까 고민하기도 했다. 그러나 나는 이 직업에 또 다른 희망을 걸기로 했다. 경비라는 직업에 안주할 것이 아니라 기왕에 하는 것, 제대로 해보기로 한 것이다.

나는 지금 내가 몸담은 분야의 최고 전문가가 되기 위해 '경비지도사' 자격증을 준비하고 있다. 오늘도 나는 모두가 잠든 시간에 책을 펴놓고 늦은 공부에 여념이 없다. 내 꿈이 말 그대로 꿈으로 그치는 것을 막기 위해 오늘도 공부에 매진하고 있다.

최원창

 6세   세발자전거 타고 언덕길을 내려오다 넘어져 얼굴을 다침
17세   담임 선생님께 드릴 양담배를 사러 남대문에 갔다 적발되어 벌금을 냄
21세   공무원 5급 을류 기술직시험에 합격
54세   난생 처음으로 중국으로 해외여행을 다녀옴
55세   KT에서 31년을 근무하고 명예퇴직
57세   경비와 고객 안내를 하며 즐겁게 근무하고 있음

58

조옥향

하얀 뾰족구두를
신어보고 싶다

나는 뾰족구두를 신어본 적이 없다. 평생 곰 발바닥 같은 넓은 신발만 신고 살았다. 두 살에 소아마비를 앓은 탓에 한쪽 다리가 약간 짧아 다리를 절기 때문이다. 보조기를 차는 왼발은 사정이 더 나쁘다. 맞는 신발이 없어서 장에 가면 시장 구석구석을 뒤지기 일쑤다. 이를 큰딸이 안쓰럽게 본 모양이다. 언제부턴가 여름에는 남자용 샌들을 사다가 끈을 바꾸고 장식을 달아 예쁜 샌들을 만들어주고, 겨울에는 두꺼운 천을 대 추위에도 끄떡없는 새 신발을 만들어준다. 몇 년 전 치즈를 배우러 간 독일에서 보았던 신발이 좀처럼 잊히지 않는다. 장애인용 신발이었음에도 정말 예뻤다. 사고 싶었지만 돈이 부족했다.

가끔 딸아이에게 내가 죽으면 예쁜 뾰족구두를 함께 넣어달라고 말하곤 한다. 딸아이는 펄쩍 뛴다. 치즈를 팔아 돈을 벌면 독일로 여행을 가서 전에 본 그 신발을 꼭 사자고 말한다. 나는 고개를 끄덕거린다.

내가 늙어 저세상으로 가는 날, 우리 딸들은 하얀 드레스와 하얀 뾰족구두를 함께 묻어주겠지? 그러면 나는 천국에서 예쁜 구두를 신고 음악에 맞춰 훨훨 춤을 추겠지.

59

김정희

바람의
말을
적었다

쉰아홉 내 꿈은 시인이 되는 것이다. 열아홉부터 시를 썼다.
앞으로 5년이 지나기 전에 꼭 시집을 내고 싶다.

내 마음 자리에 뿌려진 씨앗

어느 해질녘 걷고 있을 때
길가 들풀이 말을 걸었다
걷지만 말고 노래를 불러 보라고

가슴으로 파고들던 바람이 말했다
종종걸음으로 허기를 달래던 비둘기도 말하고
안개 자욱한 산봉우리도
그리고 강물도 말했다

내 나이 오십구 세
언제부턴가 바람의 말을 적었다
들풀의 말도 받아 적었다
신기하고 신 나서 적고 또 적었다

내 마음 자리에 뿌려진 씨앗
애면글면 걷던 걸음 잠시 멈추고
따뜻한 차 한 잔에 삶을 녹이며
들어 주었으면
시가 되고픈 나의 노래를

캄보디아에서 제2의 인생 출발!

경찰관으로 30년 넘게 일하다 정년퇴직을 했습니다. 1년쯤 쉰 뒤, 얼마 전부터 청년창업플러스센터 보안반장으로 제2의 직장 생활을 하던 중 캄보디아로 여행을 다녀오게 되었습니다.

이 여행이 제 앞날을 바꾸어 놓았습니다. 밥퍼(최일도) 목사님께서 학교를 만들어 봉사하는 것을 보고 큰 감명을 받았습니다. 나는 지금 다니는 직장에서 퇴직하면 캄보디아로 주거를 옮겨 어려운 처지의 아이들을 위한 직업 교육에 전념하기로 마음먹었습니다. 캄보디아와 같이 자연이 잘 보존된 곳에서 아이들과 함께 여생을 마감하는 것도 나쁘지 않겠지요. 어설프긴 하지만 저도 밥퍼 목사님 흉내라도 낼 생각입니다.

박희영

 6세　수원 작은외삼촌과 저수지로 목욕을 갔다가 빠져 죽을 뻔함
24세　순경 공개경쟁채용시험에 응시해 합격(수학이 없어서!)
25세　"어머, 저 아저씨 총각이야?"라며 나에게 관심을 보이는 아가씨와 운명적으로 만남
30세　춘천 처가에 다녀오다가 낭떠러지 10센티미터 앞에서 간신히 멈춰 살아남
60세　태국과 캄보디아를 여행함. 내 꿈을 결정했던 중요한 순간
61세　심리상담학과 학사 편입하여 대학생이 됨. 젊은 학우들과 함께 즐겁게 공부하고 있음

61

울트라 걷기 100킬로미터 도전!

정년퇴직 후 아름다운 길을 찾아 걷기 시작했다. 지리산 둘레길부터 시작하여 제주 올레길, 남해 바래길 등 수많은 길을 걸었다. 하루에 짧게는 10여 킬로미터에서 많게는 50킬로미터를 걸었다.

내가 이토록 걷기에 푹 빠진 것은 '걷기의 즐거움'을 확실히 깨달았기 때문이다. 걷기란 게 건강을 지키는 방법으로도 최고다. 언제든 시간만 있으면 할 수 있고 더불어 아름다운 풍경도 볼 수 있으니 일석이조다. 그래서 다시 목표를 세웠다. 다리 힘을 더 키워서 65세 전에 울트라 걷기 100킬로미터에 도전하려고 한다. 20시간 이내에 들어오면 성공, 초과하면 실패다.

그게 바로, 아무나 마음먹을 수 없는 나만의 꿈이다. 그 꿈을 위해서 지금도 열심히 땀방울을 흘리고 있다. 젊었을 때는 이런저런 생각 없이 바쁘게 살다보니 세월에 대한 감각이 무디었는데 요즘에는 세월이 얼마나 빨리 가는지 밥 먹고 잠자는 시간까지도 아깝다는 생각이 들 때가 있다. 틈나는 대로 부지런히 걸어서 꼭 목표를 이루련다.

신성호

 3세   양동이에 받아놓은 술을 마시고 이틀 만에 깨어나다
28세   회사 입사하고 며칠 안 되어 자전거로 퇴근하다가 안양대교 밑으로 떨어지다
29세   지금의 마누라와 결혼하여 큰아이를 낳다
51세   미국의 그랜드캐니언을 다녀오다
59세   정년퇴직을 하다

62

김전순

제일
예쁜
나

결혼하고 난 후 제 자신을 버리고 살았습니다. 남편, 자식, 가족이 먼저였습니다.
이제는 저를 찾고 싶습니다. 뒤늦게 주부학교에 다니며 열심히 공부하고 있습
니다. 입학식에 갔더니 신문기자들이 와서 취재를 하더군요. 그때 찍은 사진이
신문에 나왔는데 그동안 제가 보았던 김전순 중 제일 예뻤습니다.

공부를 하면서부터는 항상 기쁩니다. 화가 났다가도 금방 사라집니다. 대학도
가고 싶습니다. 거북이처럼 목표를 향해 쉬지 않고 간다면 언젠가는 이룰 수 있
지 않을까요? 무엇을 전공할지는 아직 잘 모르겠어요. 국어도, 국사도 재미가
있지만 휴, 공부는 정말 하면 할수록 어렵네요. 그래두 이왕 찾은 기쁨과 꿈이
니 포기하지 않으렵니다.

여대생이 되는 그날까지 열심히 해보겠습니다.

63

세계 최고의 된장을 만들겠습니다

국화차는 들어보셨어도 국화꽃된장은 못 들어보셨을 것입니다. 제 꿈은 바로 우수하고 맛좋은 국화꽃된장을 만드는 것이랍니다.

주부로만 살다가 육십이 넘어서 새로운 일에 도전했습니다. 무얼 할까 고민하다가 어릴 적 어머니가 국화차를 우려 된장을 만드시던 게 떠올랐습니다. 이거다 싶어 덜컥 일을 시작했습니다. 제대로 해야겠기에 장류 자격사 시험에도 도전해 합격했습니다.
된장 맛 하나만은 자신합니다. 된장은 최소 1년은 숙성시켜야 맛이 제대로 들기 때문에 서두르지 않고 원칙대로 만들고 판매할 생각입니다. 대한민국 최고, 아니 세계 최고의 된장을 만드는 그날까지 열심히 노력하겠습니다.

정삼례

16세　명문 여고에 시험 쳤다 떨어지고 두 달 동안 학교에 못 감
22세　선도 안 보고 일주일 만에 옆집 청년과 약혼함
50세　IMF 이후 미국행을 결심하다
62세　산골로 이사와 작은 집을 짓고 살기 시작함
63세　장류 자격사 2급 자격증을 따는 데 성공함

할머니 피아노 선생님!

우리 집은 꽤 잘사는 편이었지만 부모님은 딸 교육에 전혀 열의를 보이지 않으셨다. 딸은 시집가면 그만이라며 두 오빠에게만 온 정성을 기울이셨다. 그래서 나는 배우고 싶은 것을 못 배웠다. 피아노도 그중 하나다.

4년 전부터 피아노 치는 연습을 시작했다. 그것도 혼자서! 처음에는 도레미파솔라시도를 한 손으로 쳤고, 익숙해진 후에는 양손에 도전했다. 쉬운 곡을 찾아 연습하다가 점차 수준을 높였다. 이렇게 한 단계 한 단계 연습하다보니 비록 서툴지만 장르를 구분하지 않고 조금씩은 칠 수 있게 되었다.
일곱 살 외손자가 놀러왔을 때 피아노 연주를 들려주고는 뚜껑을 닫으려 하자 녀석이 하는 말, "할머니, 아까 그거 더 쳐주세요."
하늘을 날아오를 것만 같았다. 손자의 두 귀를 이 할미가 즐겁게 해주었다고 생각하니 가슴이 벅차올랐다.

피아노 선생님이 되는 것이 내 꿈이다. 나이는 문제가 아니다. 예술혼을 불태우고 아이들을 가르치는 데 나이가 무슨 상관이 있겠는가?

임은분

 9세   주사 부작용으로 하체가 마비됨
11세   기적적으로 다시 걷게 됨
29세   1남 1녀의 엄마가 됨
41세   유방암을 선고받고 수술함
61세   남미 여행, 말로만 듣던 아마존을 체험함

뒤따라오는 이들에게 길이 되기를

살아오면서 보여준 내 모습과 태도가 누군가에게 유익한 영향을 주는 것이 꿈이다.

돌아가신 아버지께서는 하루도 빠지지 않고 아침 일찍 출근하셨다.
나는 그 모습과 태도에서 성실함을 배웠다.
아내는 아무리 어려운 상황에 처해도 불만과 투정 대신 아름다운 미소로 대처한다.
나는 그 모습과 태도에서 고귀한 품위를 배웠다.
나도 그런 사람이 되고 싶다.
아이들에게는 믿음직스러운 아빠, 아내에게는 따뜻한 남편,
회사 직원들에게는 신뢰감을 주는 사장.

거창한 것을 이루고 높은 자리에 오르는 꿈에 비하면 화려하지 않고 소박하기까지 하다.
그렇지만 내 인생을 마치는 그 순간까지 매일 실천하고픈, 작지만 확실한 꿈이다.

김동식

11세 짜장면을 먹고 세상에 이런 맛이 있나 하고 감탄함
18세 아버지가 돌아가심. 너무 슬퍼 눈물조차 나지 않음
25세 짝사랑하던 미모의 여인에게 일편단심 구애해 결혼에 골인
45세 커터칼 전문 사업을 시작해 중소기업 사장이 되다
65세 가장 바라는 것은 딸이 결혼하는 것

음악은 나의 인생

66세, 앞날보다는 지나온 과거를 돌아보는 날이 더 많은 나이지만 저는 여전히 꿈을 꾸고 있습니다.

30년 이상 편곡 작업과 밴드 활동, 미군부대 공연 등 음악 일을 하며 살다가 10여 년 전에 은퇴했습니다. 몸은 편했지만 도무지 재미가 없었습니다. 매사가 시들해지고 의욕도 안 생겼습니다. 그러던 차에 회갑을 맞아 친지들이 사는 미국을 방문했습니다. 그곳에서 만난 목사님의 부탁으로 열 명 정도 되는 작은 성가대를 맡아 석 달 동안 연습시켰습니다. 반응이 무척 좋았습니다. 제 기분도 좋았습니다. 그동안 사라졌던 열정과 자신감이 살아나는 묘한 기분이 들었고 삶에 활력이 느껴졌습니다. 음악을 하니 정말 제대로 사는 것 같았습니다.

그 일을 계기로 저는 새로운 꿈을 꾸기 시작했습니다. 제가 잘할 수 있는 이 음악으로, 사람들에게 도움을 줘야겠다고 마음먹었습니다. 찬양단원을 모집하기로 했습니다. 악기와 노래를 가르쳐 자선 공연을 할 생각입니다.

저는 지금 또 다른 인생의 출발선상에 있습니다. 이런 설렘, 얼마 만인지 모르겠습니다. 깨달은 것도 하나 있지요. 꿈을 이루는 게 중요한 것이 아닙니다. 꿈을 꾼다는 것 자체가 행복입니다.

김상화

13세 브라스밴드 소리에 반해 호른을 배우기 시작함
22세 해병대 군악대에서 트롬본을 연주, 이후 음악가의 길을 걸음
30세 기대와 설렘 속에 첫 녹음 작업을 함
53세 현역에서 은퇴
60세 미국 오하이오 클리블랜드에서 성가대 지휘
66세 찬양단원 모집하는 중

67

아내에게 바치는 선물

아내와 둘이서 자전거 세계여행을 하고 싶어요. 예순이 넘어서 자전거 타는 재미에 빠졌거든요. 사실 저보다 아내가 더 좋아한답니다. 그래서 꿈을 꾸기 시작한 거예요. 고생만 해온 아내에게 내가 해줄 수 있는 마지막 선물이지요.

초원에도 가고, 사막에도 가고, 도시에도 가고 싶어요. 잠잘 곳이 마땅치 않으면 텐트를 칠 겁니다. 난로와 냄비를 갖고 다니며 밥도 해 먹을 생각이에요. 고생길이라고요? 아닙니다. 고생보다는 행복이 더 클 것 같아요.

착실히 준비하고 있답니다. 전국 여행을 세 번이나 했고요, 텐트와 침낭, 난로와 냄비도 새로 샀답니다. 언어가 조금 걱정이지만 그래도 만국 공통어인 몸짓으로 어느 정도는 통하지 않겠어요?

나이가 들었다고 꿈도 늙지는 않아요. 지난 여름에는 시험 삼아 몽골의 초원과 고비사막을 다녀왔습니다. 꿈을 이루기 위한 본격적인 시동을 건 셈입니다.

꿈꾸는 사람은 늙지 않는다고요!

박규동

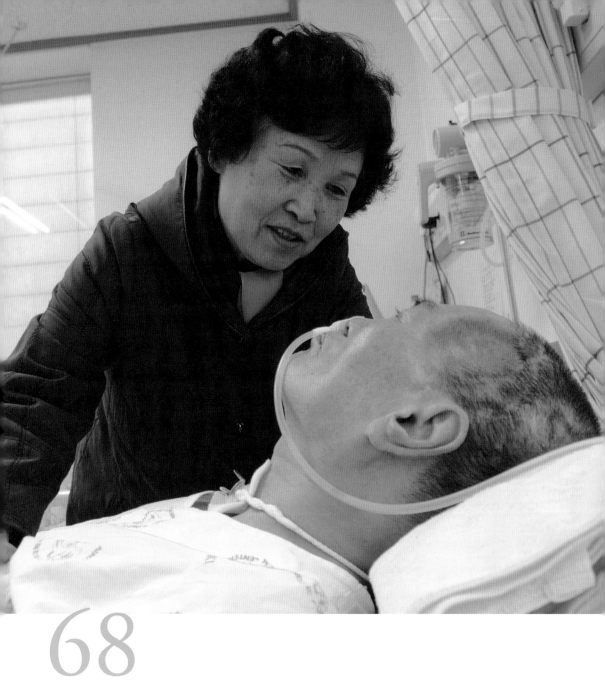

68

박영자

10세   제기차기 107개 기록. 제기 잘 차려고 몸뻬바지 입고 다님
12세   달리기면 달리기, 무용이면 무용, 무엇 하나 못하는 게 없었음
21세   뒷동네 사는 문가네 둘째 아들과 사랑에 빠짐
53세   딸의 결혼, 이후 예쁜 손녀딸을 둘이나 얻음
63세   남편, 오토바이 사고로 쓰러짐

당신, 참 잘생겼네

당신이 쓰러진 지도 벌써 5년이나 지났네.
환갑이 지난 나이에 돈 벌겠다고 퀵서비스 하다 사고가 났지.
병원에선 가망 없다 했지만 그래도 잘 버텨주었어.
그런데 요즘 부쩍 나빠져 걱정이야.
처음엔 사람도 알아보고 걷기도 했는데 머리를 다친 탓인지 계속 나빠지고만 있어.
지금은 요양병원에서 하루 종일 누워 있는 게 전부야.
나조차도 못 알아보는 것 같아 아주 속상해.

1968년에 결혼해 아들 둘하고 딸 하나를 두었지.
당신 성격이 참 불같았어. 40여 년 살면서 부딪칠 일도 많았지.
원망스럽고 미웠지만 애들 때문에 어떻게든 버티며 살아왔어.
그러느라 정이 들었나봐. 웬만해서는 무너지지 않는 단단한 정이 말이야.

병실에 누워 있는 당신, 참 잘생겼네.
이렇게 가까이서 얼굴 들여다본 것도 생각해보면 처음이야.
이젠 건강해져서 자리를 박차고 일어나는 건 바라지도 않아.
그냥 한마디만 해줬으면 좋겠어.
"당신, 그동안 참 고생 많았어."

그냥 그 한마디만 해줬으면 소원이 없겠어.

69

김선태

21세   초등학교 교사로 사회생활을 시작함
25세   동화작가로 등단함
43세   11권의 동화책을 출간함
57세   불룩해진 뱃살을 없애기 위해 아령 운동을 창안해내다
61세   블로그 개설, 조회수 350만을 넘긴 파워블로거로 등극
62세   정년퇴임 후 자원봉사 활동 시작
70세   세대별 노조인 노년 유니온 <노인노동조합> 위원장이 되어 활발히 활동함

더 탄탄하게 살고 싶다

기대 수명이 80세를 훌쩍 넘긴 세상이다. 그러나 생명만 유지하는 삶이어서는 안 된다. 생활에 불편이 없을 정도의 활동력을 가진 80세여야 한다. 내가 건강을 위해 여러 활동을 하는 이유다.

그간 내 몸을 철저히 관리하며 살았다. 아령으로 배를 두드려 뱃살을 빼는 데 성공했고, 그 경험을 책으로도 펴냈다. 텔레비전에서 다이어트 강의도 했고, 건강 프로그램에도 여러 차례 출연했다. 여전히 한 달에 두 번 정도 헌혈을 하고 있다.

나는 이룬 것에 만족하며 사는 사람이 아니다. 그래서 작년부터 헬스클럽에 나가 웨이트트레이닝으로 몸을 다지고 있다. 얼마 전 체성분 검사를 했더니 54킬로그램 정도의 근육이 있다는 결과가 나왔다. 이 정도라면 육체미 선수 같은 근육질 몸매를 갖는 것이 결코 꿈만은 아닐 것이다.

앞으로도 몸을 탄탄히 하는 일을 게을리하지 않으리라. 그래서 젊은 육체미 선수처럼 단단한 몸을 꼭 만들고 싶다. 건강을 위해!

70

자연과 함께, 오늘처럼

블루베리 농장을 운영하는 칠십 먹은 촌로입니다.
야트막한 산으로 둘러싸인 농장에 온통 블루베리를 심었습니다. 블루베리를 들여다보며 살다 보니 일 년 내내 자연과 호흡하며 살게 됩니다. 매일매일 다시 태어나는 기분입니다. 정말 즐겁고 행복합니다.

그저 앞으로도 오늘 같은 날을 살게 해달라고 기도합니다. 보석보다 더 소중한 삼 남매가 사회의 중견으로 잘 살아가고, 손자 녀석들도 잘 크라고 기도합니다.

생각해보면 믿기지 않습니다. 벌써 칠십이라니요. 손자 녀석들은 저 또한 유년 시절과 중고등학교 시절을 거쳐 지금의 나이가 되었다는 사실을 모르겠지요. 녀석들 눈에는 그저 처음부터 호호 할아버지일 테니까요.

아무튼 인생은 그저 나그네 길입니다. 정자나무가 보이면 그늘에 앉아 땀방울을 식히기도 하고, 실개천의 돌다리를 건널 적에는 산천어 노는 모습도 보아가며 삽시다. 저처럼 더도 말고 오늘처럼만 살게 해달라고 기도하며 삽시다.

이기용

 8세   6킬로미터를 걸어 학교에 다님
27세   열심히 살았음. 회사에 다니면서 점심시간을 이용해 화장품 외판도 함
45세   89세 어머니, 내 품 안에서 세상을 떠남. 그 온기를 지금도 잊지 못함
49세   호사다마의 해. 매장에 화재가 나 건물이 전소됨
54세   여유를 깨달은 해. 지금껏 앞만 보고 살다가 옆도 보고 뒤도 보며 살기 시작함
70세   세상에서 가장 좋은 곳, 블루베리 농장에서 살고 있음

71

서정필

마음을 비우고,
몸을 낮추어

나는 자식이 셋에 손자손녀가 다섯이다. 그러나 나는 손주 녀석들 얼굴을 모른다. 앞을 못 보는 장님이라서 얼굴을 모르는 것이 아니다. 녀석들을 한 번도 만나보지 못했기 때문이다. 그렇다고 만나보고 싶다거나 찾아보고픈 마음은 없다. 녀석들이 태어난 것도 이름과 나이도 동사무소에서 주민등록표를 보고서야 알았다. 그만한 또래 아이들을 보면서 어림짐작으로 녀석들의 생김 윤곽 그려보며 한숨짓는다.

나는 태생부터 감정이 무디진 않았다. 밤하늘에 무수히 떠 있는 별들과도 대화할 정도로 꿈 많은 문학 소년이었다. 황혼에 이혼을 하면서 자식들과도 만남을 끊고 충청도 진천 시골마을에 정착하고 은둔 생활을 한 지가 10여년이 지나서야 깨달음이 있었다. 마음을 비우고 몸은 낮추고 살자고. 마음을 비우고 몸을 낮추면 부딪칠 것이 없으니 아픔도 없을 것이란 진리를 미처 모르고 살았다.

세상에 부러운 것이 딱 하나 있다. 잘사는 사람도 아니요, 출세한 사람도 아니다. 지하철이나 버스를 타고 가던 백발의 노부부가 자리 하나를 두고 서로 앉으라며 실랑이를 벌이는 것이다. 다정한 노부부를 지켜보며 '나는 배려를 주고받을 사람도 없구나!' 생각하며 한숨지었다. 세상 사람들에게 하고 싶은 말이 있다. 청춘이든 황혼이든, 이혼은 천하에 못할 짓이라고.

72

감나무같이 멋진 할아버지

작년 연말 후학과 정담을 나누다 큰 것을 배웠다. 환갑이 다 되어가는 친구가 일기를 쓴다고 했다. 그날부터 나도 일기를 써야겠다고 결심하고 지금까지 거르지 않고 있다. 고백하자면 방학 숙제 말고 따로 일기를 쓰기는 이번이 처음이다.

처음엔 인생종착역이 코앞인 노인네가 무슨 한 일이 있어 일기를 쓸 것이며 써본들 무슨 의미가 있을 것인가 하는 생각이 들었다. 며칠 끙끙대다가 '고희 일기' 쓰는 법을 개발했다.

일기는 보통 저녁에 그날 한 일을 적기 마련이다. 그런데 매일의 일과가 비슷하니 도무지 쓸 맛이 없었다. 그래서 아침 일기로 바꿨다. 오늘은 어딜 가서 누구와 만나 뭘 할 것인가를 쓴다. 하고 싶은 일, 가고 싶은 곳, 해야 할 일을 적는 것이다. 며칠 하니 요령이 생겨 이젠 수필과 시도 쓰고 살아온 길도 추억으로 엮는다.

고희 일기 속에는 하늘과 땅과 내가 하나로 지나온 자취가 녹아 있다. 나는 감나무와 함께 전란과 혹독한 보릿고개를 몸으로 짓이기며 넘겼다. 감나무는 배고파 쓰러질 것 같은 나에게는 달착지근한 감꽃과 풋감과 감또개(꽃과 함께 떨어진 어린 감), 깡껍지(감 껍질), 홍시와 곶감을 주어 창자를 메워줬다. 나무는 야물고 무늬가 좋아 목기와 가구를 만드는 목재로 귀한 자리를 차지했고, 잔가지는 불땀이 좋아 쇠죽을 끓이거나 겨울밤 군불을 때는 데 요긴했다.

어릴 때 감나무를 의지해 그 혹독한 전란을 견뎌냈듯, 나는 우리 손자들에게 감나무 같은 사람이 되고 싶다. 먹고 놀고 의지하며 꿈을 꾸는 터전을 마련해주고, 언제나 멋진 할아버지로 기억되는 게 나의 마지막 소망이요 꿈이다.

배성운

11세 6·25 동란이 일어나 피난 생활을 함. 머리에 총알을 맞고도 살아남
23세 군대에서 차가 뒤집히는 사고를 당해 천당 문턱까지 갔다 옴
33세 셋째 아들을 하늘로 먼저 보냄
43세 상록수의 꿈을 실현하기 위해 귀향함
46세 다시 서울로 돌아옴
50세 명상수련을 시작함. 구름처럼 바람처럼 사는 법을 배우려 함
75세 글쓰기 공부를 해서 잡지 신인상에 뽑혀 '수필가'가 되었다.
　　　현재 한자 지도사 자격증을 취득하여 강사로 활동하고 있음

73

S4는 나의 것!

67세의 나이에 마라톤을 시작했다. 그간 풀코스 105리 길을 16번이나 완주했다.
그런 내가 꿈꾸는 것은 S4다.
마라톤에서 S4란 4시간 이내에 들어오는 것을 말하는데
아마추어들이라면 누구나 바라는 꿈의 기록이기도 하다.

기회가 몇 번 있기는 했다.
작년 중앙마라톤에서 4시간 5분의 최고 기록을 세웠다.
5분만 단축했더라면 S4의 꿈을 달성할 수 있었는데…….
올해 국제평화마라톤에 다시 도전했다.
앞당기기는커녕 15분이나 뒤처지고 말았다. 완전한 실패였다.

기대가 컸던 탓에 낙심도 컸다. S4의 꿈은 영영 사라지는 것은 아닌가 하는 생각까지 들었다.
마음을 고쳐먹었다. 재도전을 해 기필코 S4의 꿈을 달성하고 싶다.
물론 S4가 아니더라도 마라톤을 즐기며 노년을 보내는 것은 아름답다.
그래도 꿈을 향한 도전은 계속될 것이다.

꿈은 이루어질 것이다.
Dreams come true, No matter what!

서정탁

18세   마도로스의 꿈을 안고 해양대학에 들어감
21세   외교관으로 진로를 바꿔 외국어대 스페인어과에 입학함
30세   결혼하고 은행을 다니다 공기업에 들어감
60세   IMF로 35년간 몸담은 공직에서 물러남. 국선도를 시작함
67세   마라톤에 입문함

감사와 아름다움을
그리는 화가

우리는 한평생을 살아오는 동안 나름대로 추억과 사연을 쌓아간다. 그 속에는 즐겁고 좋았던 세월도 있고, 아픔과 고통의 세월도 있기 마련이다.

한때 심각한 심장질환으로 생사의 고비를 넘기며 오래 투병했을 때는 몹시 힘들고 괴로웠다. 몸도 아팠지만 불확실한 미래에 대한 불안감과 좌절감, 그리고 고독감도 무척 컸다. 물에 빠진 사람은 지푸라기라도 잡으려 한다. 간절히 무언가에 매달리고 싶었고 그래서 그림을 시작하게 되었다.

그림을 그리는 동안에는 잠시나마 병고의 시름을 잊을 수 있었다. 아니, 그림의 효험은 그 이상이었다. 그림을 그리면서부터 삶의 활력도 생겨났고 마음도 차츰 안정되었다.

그림이 무르익어갈수록 삶의 희망과 꿈도 더욱 커져만 갔다. 그 희망과 꿈은 나를 미국에 있는 병원에 가서 심장수술을 하도록 만들었다. 그리고 마침내 나를 병마의 고통에서 벗어나게 해주었다.

이제 내 나이 칠순을 훌쩍 넘겼다. 아련한 옛 추억을 회상하며 깊은 감회에 젖어본다. 투병의 와중에 시작했던 그림은 나에게 꿈과 희망을 안겨주었다. 그저 감사할 뿐이다.

이제 어느덧 노년의 화가가 된 나는 하느님께 감사하는 마음으로 이 세상을 아름답게 그려갈 것을 다짐한다.

최호식

26세 심장수술을 받고 기사회생
59세 또 한 번의 심장수술을 받고 건강을 회복함
60세 회갑 기념 미술 전시회 개최
61세 대한민국 미술대전에 입상
73세 아홉 번째 유화 개인전 개최

동화 이야기

① 도깨비 방망이
② 토끼의 간
③ 까치의 재

75

계인옥

75세면 젊은 할머니지!

인생은 새옹지마다. 오르막길이 있으면 내리막길이 있고, 내리막길이 있으면 다시 오르막길이 있다. 15년 전 나는 가족과 함께 남미로 이민을 갔다. 생활은 힘들었지만 잘 살아보겠다는 꿈이 있었기에 견딜 수 있었다. 그러던 어느 날 남편이 말기 암 선고를 받았다. 다 접고 한국으로 돌아왔지만 남편은 얼마 못 살고 세상을 떠났다.

참 막막했다. 그때 내 나이 54세였다. 일을 찾았지만 할 수 있는 일이 없었다. 무엇을 할까, 무엇을 할 수 있을까 망설일 때 구청 소식지를 보게 되었고 다음 날 복지관을 찾았다. 제일 처음 한 일이 아이들을 가르치는 것이었다. 내친 김에 평소 하고 싶었던 영어 공부도 시작했다. 그러면서 사라진 줄만 알았던 작은 꿈이 되살아나기 시작했다. 교사와 봉사자의 삶이 그것이다.

지금은 내 삶에 완전히 자신이 붙었다. 교사의 삶은 이제 거의 천직이 되었다. 요즈음 하는 일은 치매 센터와 한글 모르는 어르신들에게 도움을 주는 것이다. 힘들지만 누군가에게 도움이 된다는 건 큰 기쁨이다.

하지만 내겐 비밀스러운 꿈이 하나 더 있다. 그건 지금까지 살아온 내 삶의 자취를 자서전으로 남기는 것이다. 나는 꿈을 소중히 간직한 75세의 젊은 할머다. 내 꿈의 작은 씨앗이 자라서 꽃이 피고 열매 맺는, 아직 오지 않은 그날을 꿈꾼다.

배우는 것이 참 즐겁습니다

늦은 나이에 공부를 시작했습니다.
나이가 많은 탓에 잘 따라가지는 못해도 배우는 것이 참 즐겁습니다.

공부를 왜 시작했냐면 그건 바로 손자, 손녀와 멋지게 대화를 하고 싶어서입니다.
어릴 적에는 저를 따랐던 손자 손녀들이 대학생이 되니 아무래도 이야깃거리가 부족합니다.
제가 아는 게 적어 그런 것 같다는 생각이 들었습니다.
그래서 열심히 공부해 손자 손녀들과 세상 돌아가는 이야기를 해야겠다고 마음먹었습니다.

이왕이면 컴퓨터도 배우고 싶습니다.
그래서 손자 손녀뿐만 아니라 세상의 많은 사람들과 소통하는 할머니가 되는 것이
저의 꿈이랍니다.

조옥선

 1세 황해도 재령에서 일곱째로 태어났으나 나중에는 맏이가 됨(위로 육 남매가 모두 죽음)
16세 장충동 작은집에 살며 눈칫밥을 먹음
34세 공부 잘하는 아들로 인해 기쁨
55세 손자가 생긴 덕분에 할머니가 됨
75세 작은 아들이 캐나다로 이민을 감

부소산 얼굴은 아름답고
우는 새 소리도 즐겁도다

예전에는 학교 가면 처녀들 버린다고 못 가게 했어. 그래서 초등학교까지밖에 못 다녔지. 오빠는 나를 사범학교에 보내라고 했어. 교사가 되면 좋겠다고 말이야. 그런데 그 꿈은 못 이루어졌어. 나도 정말 가고 싶었는데……. 국어를 가르치는 선생님이 되고 싶었어. 어릴 때는 시 외우는 걸 좋아해서 많이 외웠는데 지금 기억나는 건 국어 책에 실렸던 시조 하나뿐이야.

> 따뜻한 봄날에 동무들과 백제의 옛 서울 찾아드니
> 무심한 구름은 오락가락 바람만 예대로 부는구나
> 부소산 얼굴은 아름답고 우는 새 소리도 즐겁도다

늘그막에 남편 먼저 보내고 대전으로 왔어. 마침 복지관이 바로 옆에 있어서 거길 다니면서 댄스스포츠를 배우고 있지. 차차차, 자이브, 룸바를 하고 있는데 연습하고 나면 땀이 쭉 나는 게 무척 개운해. 자이브가 특히 재밌는데 탁탁탁 뛰며 하는 게 아주 신이 나. 대회에 나가 우승도 했다고. 앞으로도 즐겁게 춤추며 살고 싶어.

부소산 얼굴은 아름답고 우는 새 소리도 즐겁도다. 그래, 요즈음은 꼭 그 시조처럼 사는 것 같아.

김순남

 9세 학교에 입학, 일제강점기라 한국말 한다고 야단을 맞음
16세 한국전쟁 터져 산골짜기로 피난을 감
23세 부산시청에 근무하는 다섯 살 위 신랑과 혼례를 치름
62세 남편이 세상을 떠남
66세 대전으로 이사해 복지관에서 한국 무용과 댄스스포츠를 배움

78

나는 실버모델입니다

일산 노인 일자리 박람회에 갔다가 우연히 실버모델로 발탁되었다. 실버모델을 관리하는 엔터테인먼트 회사와 계약을 맺고 모델 활동을 시작했다. 보험과 인터넷 광고 등 광고 사진을 수차례 찍었고, 성균관대학교 학생들이 만든 영화에도 출연했다.

모델 일이라는 게 쉬운 일은 아니지만 많은 사람들과 만나고 어울리는 것이 좋아서 계속 이 일을 하고 싶다. 물론 많은 사람들 앞에서 내 좋은 모습을 보이고 싶은 욕심도 있다. 건강을 위해서 예전부터 하던 탁구와 요가를 지속적으로 하고 있다.

나이 생각하지 않고 건강이 허락하는 한, 봉사와 모델 활동을 하면서 당당하고 보람 있는 즐거운 노년을 보내고 싶다.

홍종한

45세 처음으로 남편과 단 둘이서 여행을 다녀옴
69세 탁구 선수가 되어 전국대회에 나감
74세 노인 일자리 박람회에서 실버모델로 선발됨
78세 노인대학 학생회장을 삼 년째 하고 있음
78세 꾸준한 봉사활동 덕분에 경기도지사 상을 받음

지긋지긋한 인생,
다시 태어나면 남자로 나고 싶어

가난한 집에 태어나 어려서부터 고된 농사일을 했어.
돈도 많고, 논도 있다는 총각에게 시집 왔는데 오두막 같은 방 한 칸만 있는 빈털터리였어.
덕분에 고생하며 칠 남매를 키워냈지.
남편은 삼 년 전에 죽었어.
점심 맛있게 먹은 후 갑작스럽게.
죽기 얼마 전에 나 같은 사람을 다시 만나고 싶으냐고 물었지.
남편은 이부자리 잘 해오는 여자한테 장가가는 게 소원이라고 했어.
가난해서 이부자리를 못해 온 건데,
부잣집에 장가가서 호강하며 살고 싶다고 하니 못내 서운했지.
그 말이 어찌나 밉살맞던지 산소에도 두 번밖에 안 갔어.
요즘에는 아침 먹기 바쁘게 밭에 나가 일하며 지내.
아들과 함께 살지만 씨앗을 사오는 것부터 모든 농사일을 내가 다 챙기지.

다시 태어난다면 남자로 태어나 세상을 훨훨 돌아다니면서 사는 게 꿈이야.

임승례

10세 아버지와 모 심으면서 논일 밭일을 배웠다. 징그럽게 고생했다!
17세 중매로 만난 동갑 신랑과 결혼함
19세 첫아이를 낳았지만 네 살을 못 넘기고 죽음
77세 무더운 여름날 남편이 죽음
79세 무, 고추, 배추, 파를 키우며 바쁘게 살고 있음

나는야 열일곱 소녀!

가수와 배우를 꿈꾸었지만 이루기 어려운 꿈이었다. 우리 세대, 특히 여자들은 그런 꿈을 그저 숨기기만 했으니까.
나이 들어 복지관에 다니면서 다시 꿈에 도전했다. 젊었을 때억압과 금기 때문에 할 수 없었던 일들을 지금은 마음껏 다 한다. 연극에 노래, 난타, 풍물까지 말이다. 그중에서도 가장 열심히 하는 건 연극이다. 배우의 꿈을 이루기 위해 벌써 칠 년째정진 중이다.

언제가 될 진 모르겠지만「목포의 눈물」을 배경으로 명사들의 추억을 풀어나가는 일인극을 꼭 한번 헤보고 싶다. 그날을 위해서 지금도 열심히 노래하며 연기한다.

이상희

23세   결혼. 두 달 후 전업주부 생활을 시작함
71세   큰 여동생과 사별. 그 충격으로 거의 죽었다 다시 살아남
72세   또 다른 동생의 죽음. 꿈을 이루기 위해 배움의 길에 들어섬
79세   첫 번째 공연이 무산됨
80세   두 번째 공연 기회도 남편의 입원으로 무산됨
80세   서대문복지관에서「신나는 서울 유랑극단」을 맹연습 중

81

나는 예술가요!

내 꿈은 그동안 개인적으로 만들어온 작품을 모아서 전시회를 여는 것이다.

어린 시절 무척 가난했다. 아버지는 글을 읽지 못하시어 편지가 오면 내가 그걸 들고 큰아버지 댁으로 가곤 했다. 그런데 그때마다 어찌나 위세를 부리고 문전박대를 하시는지 '나도 글을 배우리라.' 결심을 하게 되었다. 시장에서 파는 미군 폐지(신문지)를 사다가 한약방 선생님에게 한자와 붓글씨를 배웠다. 실력이 일취월장해 동네의 경조사가 있을 때마다 글을 쓰게 되었다. 그 뒤로도 붓글씨를 계속 썼다. 은퇴 후에는 비록 누가 알아주는 것은 아니지만 틈틈이 시간을 내 작품을 만들었다.

내 작품은 특색이 있다. 붓글씨도 내 생각대로 쓰고, 나뭇가지를 모아서 자연 그대로의 작품들(새, 나무, 지팡이 등)도 만들었다. 친구나 친척들은 내 작품을 꽤 좋아한다. 그러다보니 내 작품들을 모아 전시회를 여는 꿈을 갖게 되었다. 물론 언제가 될지는 모른다. 오늘도 나는 전시회를 꿈꾸며 혼자만의 작업을 한다.

조상연

16세   한약방 김 선생님의 제자가 됨
21세   중매로 얼굴도 안 보고 초고속으로 결혼함
48세   서울로 무작정 상경해서 공사장 일을 함
74세   본격적인 작품 활동을 시작함
74세   대학생이 되다. (사)대한노인대학에 입학함
75세   노인대학 회장이 되다!

82

희망이 있어 즐겁다

10년 넘게 포도 농장을 해왔는데 이제 나이가 들어 힘에 부친다. 포도 농장을 그만두면 무얼 하고 먹고살까 고민하는데 아는 사람이 좋은 힌트를 줬다. 땅도 넓고, 계곡과 그늘도 있으니 캠핑장을 하면 어떻겠냐는 것이다.

무릎을 탁 쳤다. 캠핑장이라면 충분히 해볼 만하다. 그 뒤로 생각을 많이 했다. 우선은 수영장을 수리해야겠다. 들마루와 방갈로도 설치해야지. 들마루에 앉아 뛰어노는 아이들을 보거나 방갈로에 누워 푹 쉬고 나면 지친 삶에 조금은 위로가 될 것이다. 부디 많은 사람들이 찾아와주었으면 좋겠다.

캠핑장에 대한 꿈을 가진 이후로 무척 바쁘게 살고 있다. 내가 계획한 것을 실천에 옮기면 결국 꿈이 이뤄질 거라 생각하니 하루하루가 신이 나고 재미있다.

장수태

23세 군 제대 후 서천 시장에서 옷 장사를 시작함
29세 다재다능한 큰아들이 태어남
36세 동대문에서 8년간 비단 장사를 함
44세 지인의 소개로 10년간 양봉을 함
68세 10년 넘게 포도 농장을 운영함

83

이복희

새 둥지 같은 어미 노릇

젊은 시절 나는 초등학교 교사였고, 남편은 군인이었다. 우리는 육 남매를 무척 엄격하게 키웠다. 요즘 엄마들이 아이들을 안아주고 예쁘게 키우는 것을 보니 아이들에게 엄격하기만 했던 것이 무척 아쉽다. 시간이 거꾸로 흘러서 돌아갈 수 있다면 아이들에게 따뜻한 새 둥지 같은 어미가 되고 싶다.

오래 전 남편과 함께, 큰딸이 살고 있는 미국에 다녀온 적이 있다. 꿈처럼 행복한 여행이었다. 내 소박한 꿈은 자식들과 함께 미국으로 가족 여행을 가는 것이다. 비록 남편은 세상을 떠나 함께할 수 없지만 오랜만에 온 가족이 모이면 따뜻한 웃음이 차고 넘치리라. 이번에는 나도 따뜻한 새 둥지 같은 어미 노릇을 하리라.

내가 건강하다면 이 꿈은 이루어질 수 있다고 믿는다. 매일 눈뜨면 기도한다. 나의 꿈이 이루어지기를. 즐거운 마음으로 그때를 기다린다.

84

순백의 웨딩드레스 입고
결혼하는 꿈

열여덟 살, 사극 드라마처럼 연지곤지 찍고 꽃가마 탄 아씨 같았던 그때가 생각 나. 가슴이 쿵쾅쿵쾅 마구 설레었었지. 우리 딸 시집보내던 날, 하얀 웨딩드레스 입은 모습이 하도 예뻐서 그때가 생각났어. 나도 젊어서 저런 웨딩드레스를 입었으면 어땠을까. 지금도 나는 순백의 웨딩드레스 입고 결혼하는 꿈을 꿔. 가끔 젊고 예쁜 우리 딸아이 얼굴에서 젊은 시절 예뻤던 내 얼굴을 찾아보기도 하지.

이런 말을 입밖으로 꺼내면 사람들은 그 나이에 무슨 시집이냐며 비웃어. 농담하지 말라고 해. 가끔 동네 할아버지들한테 결혼하자고 하면 누구 하나 진지하게 받아들이지 않아. 내 소원은 남은 여생을 함께 보낼 할아버지를 만나서 꿈에도 그리던 웨딩드레스를 입고 멋지게 결혼식을 올리는 건데, 누구 멋진 할아버지 소개시켜 주실 분 없수?

김금례

11세 걷기를 너무 싫어해 나들이할 때 엄마한테 매를 많이 맞았습니다
20세 '그네 잘 타는 새댁'이란 소리를 들었습니다
32세 30리 떨어진 시누이 집에 간장 항아리 이고 갔다 머리가 퉁퉁 부었습니다
69세 풍물놀이와 신나는 장구를 배웠습니다
84세 청파복지관에서 서예와 한글을 배우고 있습니다

85

고영예

14세   영등포 방직공장에 취직해 스무 살까지 다님
20세   중매로 만난 총각과 결혼함
24세   전쟁이 났다. 사람들이 피난을 가 동네가 텅 비다시피 했다. 정말 무서웠음
37세   소금 장사를 시작했다. 남포에서 사다 전라도에서 팔았음
40세   탄광에서 탄 고르는 일을 10년 넘게 함

매일 산책하고 어울리며 산다

꿈이라면 건강하게 사는 것이다.
그래야 자식들에게도 안 미안하다.
매일 산책을 하는 것도 건강을 위해서다.
가는 곳은 늘 같다.
집 옆에 자연휴양림으로 유명한 화장골 계곡이 있다.
아침에 일어나면 그 골짜기를 따라 걷는다.
화장골은 흐르는 시냇물 소리도 들리고 나무가 울창해 산책하기 좋다.
여름에는 사람이 복작복작해 사람 구경하는 재미도 제법 있다.
휴가철이 지나니 사람이 없어 조금은 허전하다.
점심이면 정자나무 아래 앉아 바람을 쐬며 동네 사람들과 이야기 나눈다.
어둑해지면 집에서 성경을 읽는다.
고요한 하루가 그렇게 지나간다.

86

지금껏 살아온 것처럼 살고 싶소

생각해보면 참 짧지 않은 세월을 살았습니다. 사는 동안 둘째 아들을 먼저 보내고, 얼마 전에는 이내 마저 앞서 보내는 등 가슴 아프고 힘든 일도 많았습니다. 그렇지만 추억하고 기억하고픈 일, '살기를 참 잘 살았구나!' 하는 생각이 드는 일도 많으니 이만하면 아름다운 삶을 살아온 것 같습니다.

무뚝뚝한 막내 딸내미가 며칠 전에 갑자기 "아버진 꿈이 뭐예요?"라고 묻더군요. 꿈이라……. 이 나이에도 과연 꿈이 있을까요? 내가 이제 와서 대통령이 될 것도 아니고 우주 과학자가 되어 우주선을 탈 것도 아니고요. 그래서 "이 나이에 꿈은, 무슨 꿈." 하고 답했지요. 평소 말수가 적은 딸아이가 물어온 말인데 그냥 그렇게 대답한 게 못내 미안해졌습니다. 그래서 곧 덧붙였습니다. "잘 살다가, 잘 죽는 거지."

딸아이가 좀 더 집요하게 묻습니다. "잘 사는 것은 무엇이며 잘 죽는 것은 뭐예요?"

'잘 사는 것은 남한테 해를 입히지 않고 사는 것'이고, '잘 죽는 것은 죽어서도 남한테 손가락질 받지 않는 것'이라고 답했습니다.

대답 그대로 지금껏 남을 해친 적은 없습니다. 남에게 신세를 지면 그 또한 잊지 않고 갚았습니다. 내일이 마지막이 될지, 일 년 뒤가 될지, 그도 아니면 백 살을 거뜬히 살아낼지는 아무도 모릅니다. 하지만 어찌 되있긴 나의 꿈은 더도 말고 덜도 말고 '지금껏 살아온 것처럼' 살겠다는 것입니다. 그러고 보면 잘 죽는 것보다는 아무래도 잘 사는 것에 더 방점이 찍혀 있는 셈입니다.

후회 없이 사는 것, 잘 사는 것이 쉽지 않겠지만 그래도 노력해야겠지요. 지금처럼 말입니다.

신용만

87

지익표

경비행기 몰고, 세계일주!

어머니는 태몽으로 비행기 떼가 날아오는 꿈을 꾸었다.
그 때문일까, 나는 어려서부터 늘 하늘을 날고 싶었다.

자라면서 비행기 조종을 꿈꾸었다.
그러나 당시에는 미국에 가서 6개월을 공부하지 않으면 면허를 딸 수가 없었다.
세상이 바뀌어 80세가 되어서야 작은 경비행기지만 조종면허를 딸 수 있었다.

면허를 딴 후에 직접 비행기를 몰고 고향을 방문했다.
서울에서 전남 고흥까지 700킬로미터 왕복 비행으로 오랜 꿈을 이루었다.
3천 피트만 올라가도 모든 것이 내 발 아래이고, 동서남북 막힌 곳이 없으니 장쾌하다.
무한한 우주 안에서 참 자유를 느껴본 순간이었다.

나는 트렌드에 맞게 125세까지 살 거다.
그리하여 인류에게 외칠 거다.
"내가 세계 대통령이니 나를 따르라!"라고.
단기 4383년(2050년) 125세 아침에, 하하하!

88

이기옥

21세   전쟁이 심할 때 시골에서 고구마를 짊어지고 오다가 너무 무거워 버리고 싶었다

30세   무연탄 가루를 사서 손으로 빚은 후 말려서 땠다

53세   서예를 배우기 시작했다. 국전에도 입선했다

70세   문화센터에 다니며 수채화를 배우기 시작했다

82세   전통 조각보 만드는 일에 전념. 자연 염색을 하고 바느질을 하노라면 하루가 금방 간다

내일도 모레도 오늘만 같았으면

젊은 사람들은 노인들을 보면서 혹시 이런 생각을 하지는 않을까?
'노쇠한 외모, 어눌한 말솜씨가 전부인 노인들에게도 꿈이 있습니까?'
나는 인순이가 부른 「거위의 꿈」의 한 소절을 나직이 불러보는 것으로 답을 대신한다. "난, 난 꿈이 있어요. 버려지고 찢겨 남루하여도 내 가슴 깊숙이 보물과도 같이 간직했던 꿈."

내 꿈은 아주 단순하고 소박하다. 내일도 모레도 오늘만 같았으면!
가로(街路)에 나부끼는 가을의 낙엽들이 살랑이는 바람소리에도 잔잔히 설레는 감성이 오늘처럼 내일도 이어졌으면!

그 꿈을 위해서 나는 아직 주저앉을 수가 없어, 오늘도 양손을 부비며 눈을 만지고 아픈 다리를 끌고 산책길에 오른다. 아직도 이루고 싶은 꿈이 있음에 감사하며.

89

박정희

오늘도
그림 그리며 지내렵니다

소원은
시들어가는 몸을 아끼고 보듬으며,
기쁠 궁리를 많이 하며 사는 것입니다.
나처럼 그림 그리고 싶다는 분들을 위해
프로그램을 짜고 좋은 그림을 그릴 수 있도록 도와드리며
나 자신도 그리며 지내겠습니다.

머지않은 장래에 달고 맛있는 잠을 깊이 재워주실 것을 믿고 기다리며
오늘도 그림 그리며 지내렵니다.

90

일하는 낙으로 살지

올해 두 가지 큰일을 겪었어.
머리 자르는 데 돈을 허투루 쓸 수 없어 평생을 쪽진 머리로 살았는데
언젠가부터 두피가 가렵고 아파오기 시작했어.
오랜 세월 참아오다가 얼마 전 처음으로 긴 머리를 자르고 파마를 했지.
아휴, 어찌나 시원하던지!
또 하나는 서울에서 보령으로 이사한 거야.
큰아들 가족과 평생을 함께 살다가 시골에 사는 셋째 딸 집으로 내려왔어.
서울에서는 경로당에 다니며 노인들과 어울려 놀았는데,
시골에 내려오니 친구는 없고 일할 거리만 천지야.
집에 있으면 갑갑해서 자꾸 밖으로 나가는데
마당이라 밭에 풀이 수북하게 자란 걸 보면 참지를 못하겠어.
딸은 사람이 풀을 이길 수 없다고 하지만 나는 그걸 이겨보겠다고 씨름하고 있지.
노는 밭에는 들깨와 콩을 심었어.
수확하면 콩으로 메주를 쒀서 간장과 된장을 만들 생각이야.

건강하니까 자꾸 일하게 돼.
콩밭도 매고, 팥 밭도 매고 그래.
다음 날이면 어깨가 쑤시지만 아직 건강하니 이렇게 일할 수 있는 거지.

임승희

11세 하루 종일 논을 지키며 새 쫓는 일을 함
18세 정월 보름, 얼굴도 본 적 없는 신랑과 혼인
30세 남편과 방앗간을 하며 사 남매를 키움
50세 남편을 먼저 보냄
72세 경로당에 다니며 10원 내기 민화투를 침
90세 난생 처음으로 머리를 짧게 자르고 파마까지 함

91

이 나이에 베껴 쓰기를 합니다

가난한 농촌에서 태어나 공부를 제대로 히지 못했습니다. 아이들 학교 가는 모습, 소풍 가는 모습이 너무 부럽고 속상해 울기도 많이 울었습니다. 안되겠다 싶어 혼자 공부하기로 했습니다. 이웃에 사는 학생에게 공책을 사다 달라고 부탁하고, 사촌오빠에게 어떻게 하면 글을 잘 읽고 쓸 수 있는지를 물어보았습니다. 오빠는 다른 사람의 글을 베껴서 써보라고 알려주었습니다. 그때부터 다른 사람들 편지나 어머니가 시집올 때 가져오신 『사씨남정기』를 혼자서 읽고 썼습니다. 영어 책을 사다가 보기도 하고, 천자문도 사다가 보았으나 마음처럼 잘 되지는 않았습니다. 예순다섯부터 교회에 다니기 시작했는데, 성경을 일독하면 성경책을 준다는 말에 열심히 베껴 쓰며 일독을 한 것은 기억에 남아 있습니다.

베껴 쓰기는 아직도 계속하고 있습니다. 이제는 손이 떨려서 많이 쓰기는 어렵습니다. 그래도 한밤중 고요한 시간에 집중해서 중요한 대목을 골라서 쓰고 있습니다.

젊은이들에게 지나간 이야기를 들려줄 기회가 있었습니다. 교수님처럼 말을 잘한다는 격찬을 들었습니다. 다시 태어나면 제대로 공부해서 학문의 최고봉이라 불리는 대학 교수를 꼭 한번 해보고 싶습니다.

경재수

 9세   어머니를 통해 한글만 겨우 깨침
15세   학생들 소풍 가는 모습을 보며 속이 상해 남몰래 눈물을 흘림
18세   『사씨남정기』 읽기에 도전함
40세   드디어 바라고 바라던 아들을 낳음
65세   어려운 형편에도 아들이 공무원 시험에 합격함

92

우리 딸 칠순 잔치에서 노래해야지

어렸을 때야 시집 잘 가서 행복하게 사는 게 꿈이었지. 고개 너머로 시집을 갔는데 남편이 아파서 일찍 저세상에 가는 바람에 꽤 힘들었어. 음식 장사를 하면서 사 남매를 키웠는데, 자식들이 모두 건강하고 똑똑해서 아주 좋아. 나는 축복받았지, 암. 3년 전까지는 가게에 나가 사람들 구경하고 돈 받는 재미를 누렸는데, 지금은 집에만 있으니 재미가 없어. 쓰러질까봐 함부로 다니지도 못해.

작년에는 아들과 사위가 칠순 잔치를 했어. 사위 칠순 잔치에서 「산장의 여인」과 「대머리 총각」을 불렀지. 사람들이 얼마나 좋아했다고. 노래하는 게 좋아. 세상이 워낙 삭막하니까 웃음을 줄 수 있는 노래가 좋아. 웃으면 복이 온다고 하잖아? 웃고 살아야지. 그래서 노래도 웃기는 노래를 좋아해. 아직도 외워 부를 수 있는 노래가 10곡이 넘어. 예전엔 노래자랑대회에서 1등도 많이 했어.

딸이 지금 예순다섯이야. 5년 후에 딸 칠순 잔치에서 또 노래해야지. 사람들 웃기는 게 좋으니까.

오정숙

 9세 학교에 들어감. 여자 12명, 남자 45명, 월사금 700원
20세 고개 너머로 가마를 타고 시집감
37세 남편이 먼저 세상을 떠남
44세 종로에서 음식 장사를 시작함
89세 아들을 잃음
91세 사위와 아들이 칠순 잔치를 함

93

이영연

손자 손녀 보는 낙으로 살지

아들 둘과 딸 넷. 그렇게 육 남매를 두었어. 모두 결혼해 행복하게 잘 살고 있지. 다행히 모두들 가까이 살고 있어서 자주 보며 지내. 손자 손녀가 집에 놀러오는 게 가장 큰 기쁨이지.

아내와 둘이 작은 아파트에서 지내고 있어. 동네 한 바퀴 산책하는 게 하루의 큰 즐거움이야. 요즘은 다리가 아파서 두 달에 한 번씩 병원에 다녀. 점점 다리가 아파오면서 이제는 아내의 도움 없이는 걷기가 힘들어. 다리가 나으면 제주도에 놀러가고 싶어. 유채꽃이 필 때 다녀온 기억이 있는데 그때 참 예뻤지.

이만큼 나이를 먹으니 이제 꿈이랄 게 없어. 그저 자녀와 우리 부부가 건강하고, 행복하게 지내는 것이 꿈이라면 꿈이지.

94

이낙용

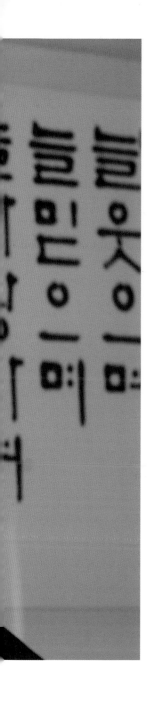

만리장성에 한번 가봐야겠어

먹고살기가 어려워 열여덟 살부터 평양, 만주, 선양을 다니며 옷 장사를 했어. 중국과 만주의 큰 도시는 안 가본 데가 없지. 남대문에서 옷을 떼다가 중국에 가서 팔면 곱절을 받을 수 있었어. 주로 양복을 떼다가 팔았지. 그렇게 9년을 꼬박 일해 36만 원을 벌었어. 송아지 한 마리에 100원하던 시절이었으니 아주 큰돈이었지. 벌어온 돈은 한 푼도 남기지 않고 부모형제에게 보냈지만 다 날려버렸어. 돈을 버는 것도 중요하지만 관리가 더 중요하다는 것을 뼈저리게 경험했지.

어릴 적부터 멀리 떠돌며 장사를 한 까닭인지 여행이 좋아. 우리나라 땅은 안 가본 데가 없어. 요즘에도 가족들한테 제주도나 부산에 가자고 해서 함께 여행을 나녀오곤 해. 이직도 어린아이처럼 비행기나 KTX 타는 게 신이 나.

꼭 가보고 싶은 곳이 있다면 만리장성이야. 젊은 시절 중국에 갔을 때 만리장성을 백 리 앞두고 증명서가 없어서 못 갔어. 왜정 때라 특별증명서가 필요했거든. 내년 봄에는 만리장성에 꼭 가보고 싶어.

95

이상윤

22세   일본군 피해 중국 심양으로 피신
29세   미군이 서울에 들어옴. 영어 배운다고 서울 반도호텔에 취직함
33세   전쟁이 터져 대구로 피난. 부산 조선방직회사에서 공장장 생활
74세   땅 사고 집 지어서 대청호 근처로 이사를 함
88세   서예와 사군자를 시작함
92세   검도를 시작함
95세   농사짓고, 글씨 쓰고, 그림 그리고, 검도를 하며 하루를 바삐 보낸다

124살까지 살 거야

꿈? 검도 3단을 따는 거야.
텔레비전 토크쇼에 나가서 약속했어. 국민과의 약속이니 지켜야지.
지금은 검도 1단이고.

아흔둘에 검도를 시작했어. 태권도를 할까도 생각했어.
그런데 근처에 배울 만한 곳도 없었고 몸으로 부딪쳐야 하는 게 마음에 안 들었어.
검도는 검으로 싸우는 거라 맞아도 그리 아프지 않고,
서로 쓰러뜨리지 않아도 되니까 좋은 것 같아.
검도를 하고 나면 몸이 개운하고 기분이 좋아.
그래서 오전, 오후 한 시간씩 연습을 해.
죽도로 천 번 때리기, 천 번 찌르기를 하지.

텃밭에 농사를 짓고 있어.
곽향, 천궁, 생강, 울금, 더덕 등 약초를 주로 재배하고,
자식들 주려고 배추도 키우고 있지.
시간 있을 때는 동양화를 그려. 서예와 동양화를 배워서 곧잘 하거든.

검도는 100살까지만 할 거야.
난 124살까지 살 건데 나머지 24년은 동양화와 서예를 할 거야.

96

임진국

아흔 살에 첫 결혼을 했지

생각해보면 벌써 오십년 가까이 됐지, 청계천을 지나다 초등학생 세 명이 유턴하던 차에 치여 숨진 장면을 목격한 게 말이야. 그래서 교통정리를 시작했어. 종로, 을지로, 청계천, 영등포역 근처에서 교통정리를 했지.

영등포역 근처에서 교통정리를 하다가 할머니를 만났지. 평생을 총각으로 살아오다가 열다섯 살 어린 할머니와 아흔에 첫 결혼을 했으니 얼마나 기뻤겠어? 용인민속촌으로 신혼여행을 다녀왔어. 혼자 외롭게 살다가 짝이 생기니까 참 좋아. 행복해.

교통정리는 다리가 아파서 작년에 그만뒀어. 다시 태어나면 교통경찰이 되고 싶어. 혼란스러운 도로를 정리하고 사람들이 안전할 수 있게 도움을 주는 게 얼마나 보람찬 일인지를 안 해본 사람들은 절대 몰라. 지금은 병원에 다니며 치료를 받고 있어. 몸이 나으면 내년이라도 다시 교통정리를 하러 나갈 거야.

97

오늘이 나에게 얼마나 남았는지

나이는 숫자에 불과하다고 하지만 해가 지날수록 내 주변 사람들이 참 많이도 먼저 떠나간다. 나보다 먼저 간 지인들을 적어보았다. 100명을 훌쩍 넘겼다. 부끄럽고 슬퍼져서 적다가 그만두었다. 그중에는 금쪽같은 내 아들도 둘이나 있다.

요즈음 귀한 생명들이, 젊은 인재들이 자꾸 저세상으로 간다. 야구 선수 최동원, 컴퓨터 박사 스티브 잡스……. 저세상도 약고 약아서 쓸모 있는 인재들만 쏘옥쏘옥 뽑아 서둘러 데려가는 모양이다. 그 어느 죽음도 슬프지 않은 죽음이 없고 그 어느 생명도 귀하지 않은 생명이 없는데 이렇게 나이가 꽉 차 죽으면 호상이라는 말을 자식들에게 들려줄 수 있으니 그것 하나만은 참으로 기쁘다.

12층에서 창 아래를 내려다보면 강이 보인다. 그 강을 보며 어린 시절 배웠던 창가를 불러보면 현실과 옛날이 구별이 되지 않는다. 내 짧지 않은 인생이 일장춘몽을 꾼 듯, 엊그제 일같이 모두 삼삼하다. 몸이든, 마음이든, 재산이든 저승에는 들고 갈 수가 없다. 사는 동안 잘 쓰고 후손을 위하여 깨끗하게 남겨두고 가는 것이 또 다른 꿈이다.
어제 죽은 망자들이 간절하게 하루만 더 살고 싶어 했던 오늘, 그 오늘이 나에게 얼마나 남았는지…….

윤기순

 5세　배화유치원에 입학함
23세　큰딸 출생(현재 75세)
28세　장단면 면서기를 지냄(호적 담당)
32세　일제 징용을 피해서 중국 만주로 이주
45세　현재 함께 사는 셋째 아들 출생(늙은 소가 아기를 낳았다고 놀림 받음)
82세　남편이 교통사고를 당해 식물인간 신세가 됨
86세　남편 하늘나라로 떠남
97세　책을 출간한 지 얼마 안 되어 하늘나라로 떠나심

98

변경삼

- 10세 초등학교 입학, 아버지 등에 업혀서 학교 다님
- 21세 큰아들 태어남(현재 77세)
- 22세 일본 경도대학 철학과 졸업
- 31세 양문사라는 출판사를 차려 양문문고 230권을 출간
- 67세 가정용 의료기 사업 시작
- 78세 만 보 걷기 시작. 처음에는 100미터 걸어도 숨찼음
- 98세 매일 회사 출근하며 열심히 일하고 있다

나는 심부름하는 노인

사 형제 중 막내로 태어났다. 어려서는 몸이 무척 약했다. 주변에서는 내가 열 살도 못 넘기고 죽을 거라고 했다. 하지만 다 틀렸다. 형님들은 70대에 먼저 돌아가셨지만 나는 이렇게 백 살을 바라보며 살고 있다. 건강유지 방법은 첫째, 소식하는 것이다. 김밥 한 줄을 40분 동안 씹는다. 오래 씹으면 포만감이 생긴다. 둘째 걷기다. 하루에 만 보, 만 오천 보를 걷는다.

이렇듯 내가 건강을 챙기는 이유는 남을 돕고 살기 위해서다. 재산은 내 것이 아니다. 조금이라도 여유가 생기면 남을 도와주는 데 투자하고 있다. 가정용 의료기 사업을 20여 년째 해오고 있는 까닭에 여유는 조금 있다. 납품처 사장들 이름으로 된 통장 여러 개에 수백만 원씩 돈을 넣어뒀다. 언론에 가난한 사람들이 소개되면 그들을 찾아가 통장을 전달했다. 전달은 내가 직접 찾아가서 하는데 심부름하는 노인이라고만 말한다. 어려움을 이겨내고 일어서면 꼭 다른 사람을 도우라고 신신당부한다.

재산은 사회에 환원하고 자식들에게는 물려주지 않을 것이다. 자식들에게 돈을 물려주면 바보가 된다. 노력도 안하고 피땀 흘리지 않고 번 돈은 값어치를 발휘하지 않는 법이다.

자식들이 무고하니 그걸로 됐어

생각해보면 힘든 시절도 있었지. 나이 열여섯에 결혼해 종갓집 며느리가 되었어. 남편은 문제가 많았어. 한마디로 결혼 생활에 준비가 덜 된 사람이었지. 한 십 년 같이 살더니 집을 나가더라고. 그 뒤 십 년 동안 종가집의 온갖 경조사들을 혼자 맡아 치렀어. 그때의 어려움은 머리에 떠올리기도 싫어. 그래도 나는 버텼어. 종갓집 며느리로서의 자부심, 그것 하나로 말이지. 그러더니 남편이 돌아오더라고.

남편과는 3남 2녀를 두고 살았어. 자식들은 어디 내놓아도 부끄럽지 않게 키웠지. 다들 착실해서 속들도 안 썩였고, 지금도 어디 아픈 데 하나 없어. 셋째 아들은 이학박사(한약학)까지 땄지. 셋째를 생각하면 무척 흐뭇해.

남편은 이제 없어. 7년 전에 죽었어. 지금 내가 가장 바라는 건 자식들의 무고(無故)야. 나이도 많이 먹었으니 그 이상의 꿈은 없지.

아쉬운 것도 있어. 어려서 한학(漢學)을 더 배우지 못한 것과 남은 인생을 장남에게 부양 받았으면 하는 아쉬움이야. 하지만 다 가지려고 들면 다 잃는 법이지. 그게 세상의 이치니까. 자식들이 무고하니 그걸로 됐어.

김계란

14세 부친으로부터 한학을 전수 받았는데 신동 소리를 들음
16세 거창 가조면의 종가로 시집을 감
25세 남편의 가출로 홀로 종가를 꾸림
35세 10년 만에 남편이 돌아옴. 이후 3남 2녀를 양육함
91세 남편과 사별함
99세 둘째 아들의 부양을 받으며 즐겁고 건강하게 살고 있음

100

고맙다, 애미야

사 남매 중 맏이인데 다 죽고 나만 남았어. 이제 백 살까지 살아 더 바랄 게 없어. 손자, 손자며느리, 증손자까지 다 봤으니 됐지. 이제 자손들 건강하게 잘 사는 것이 작은 소망이야.

그래도 오래 산 덕에 재밌는 일들이 많아. 손녀사위가 신청해서 <1박2일> 시청자투어에 백 살 대표로 나갔어. 막내며느리랑 비행기 타고 부산에 다녀왔지. 또 얼마 전에는 안성시 시민체육대회에서 꽃가마를 타고 선두에서 입장도 했고. 살면서 가장 행복했던 기억 하나만 말해보라면 손자며느리 볼 때를 들고 싶어. 아들 때랑 또 다르게 어찌나 신기하고 좋던지. 그때가 인생에서 가장 행복했던 때였던 것 같아.

이제 세상 뜰 날이 얼마 안 남았을 텐데, 마지막 인사를 하자면 다들 건강하게 잘 살았으면 좋겠어. 47년을 함께 산 둘째며느리가 가장 고맙지. 정말 고마운데 표현을 못하고 살았어. 내가 원체 무뚝뚝했거든. 그 긴 세월 함께 살면서 다툼 한 번 없었어. 그게 참 고마워. 고맙다, 애미야.

이임금

17세   두 살 아래 신랑과 혼례를 올림. 혼례 때 살짝 보니 신랑이 잘생겨서 기분 좋았음
32세   신랑이 마차 일을 시작해 수원으로 이사
49세   전쟁이 나서 충북 진천으로 한 달간 피난을 다녀옴
53세   둘째 아들이 결혼해 며느리가 들어왔음
81세   할아버지가 치매 앓다가 돌아가심
100세   <1박2일>에 출연, 비행기 타고 부산 여행

1세부터 100세까지

주은유 1세 인천 부평

이진우 2세 서울 양천

김승재 3세 서울 성동

김소영 4세 충북 청주

이진주 5세 충북 보은

김지효 6세 서울 동작

조빈 7세 경기 고양

이상훈 8세 전북 익산

한규상 9세 제주 애월

김건호 10세 서울 서대문

이소정 11세 서울 양천

윤준열 12세 서울 관악

강지수 13세 서울 동작

이섬진 14세 대전 중구

조혜연 15세 경기 파주

전현진 16세 충남 보령

남상민 17세 경기 의왕

박채연 18세 서울 구로

박소선 19세 경기 용인

김혜옥 20세 서울 노원

소민정 21세 충북 청주

박은하 22세 강원 동해

강철룡 23세 서울 동작

정민경 24세 경기 부천

박다혜 25세 경기 남양주

김정규 26세 경기 안산

강동훈 27세 대전 중구

전한수 28세 부산 금정

박정현 29세 전북 군산

김민정 30세 경기 부천

박인희 31세 경기 남양주

김은하 32세 경기 광명

탁관현 33세 경기 고양

성조현 34세 서울 동작

김희섭 35세 서울 마포

박윤주 36세 서울 영등포

이진희 37세 인천 남구

황보 민 38세 인천 남동

박문수 39세 경기 김포

박정미 40세 경기 군포

김대성 41세 전남 순천

고재영 42세 경기 군포

정종옥 43세 경기 군포

임오순 44세 충북 청원

원영진 45세 경기 의정부

여인숙 46세 경북 경산

한종구 47세 충남 연기

김미영 48세 경기 고양

김병이 49세 서울 종로

이순덕 50세 인천 남구

한옥희 51세 서울 강동

신동수 52세 충북 청원

김민호 53세 서울 금천

이월례 54세 경기 안양

김경란 55세 충북 진천

김석분 56세 인천 남구

최원창 57세 서울 광진

조옥향 58세 경기 여주

김정희 59세 서울 마포

박희영 60세 서울 용산

신성호 61세 경기 안양

김전순 62세 서울 마포

정삼례 63세 전북 장수

임은분 64세 인천 남구

김동식 65세 서울 양천

김상화 66세 서울 마포

박규동 67세 경기 포천

박영자 68세 서울 강북

김선태 69세 서울 서대문

이기용 70세 충남 연기

서정필 71세 충북 진천

배성운 72세 경기 안양

서정탁 73세 경기 용인

최호식 74세 경기 성남

계인옥 75세 서울 용산

조옥선 76세 서울 마포

김순남 77세 대전 유성

홍종한 78세 경기 과천

임승례 79세 충남 보령

이상희 80세 경기 고양

조상연 81세 경기 고양

장수태 82세 충남 보령

이복희 83세 경기 수원

김금례 84세 서울 중구

고영예 85세 충남 보령

신용만 86세 경기 고양

지익표 87세 서울 서초

이기옥 88세 서울 성북

박정희 89세 인천 동구

임승희 90세 충남 보령

경재수 91세 경기 김포

오정숙 92세 서울 용산

이영연 93세 경기 안양

이낙용 94세 경기 안양

이상윤 95세 대전 동구

임진국 96세 서울 강서

윤기순 97세 경기 김포

변경삼 98세 서울 성동

김계란 99세 경남 거창

이임금 100세 경기 안성

햇살 가득한 시골집 돌담 밑에 핀
채송화 100송이를 만난 듯

5050년, 사진을 찍기 위해 제가 만났던 1세부터 100세까지 100명의 나이를 모두 더하니 5050년이 되었습니다. 사람이 태어나 반만 년을 살 수는 없어도 반만 년의 세월을 만날 수는 있다는 것을 이번 작업을 하면서 느꼈습니다. 그리고 보니 그분들을 만나기 위해 전국 각지를 찾아다닌 거리도 5천 킬로미터 이상 되는 것 같습니다. 이런 시간과 거리는 혼자서는 만들기 어려운 공유와 인연의 시공간입니다. 100명의 주인공과 함께 커다란 벽화를 그려낸 것 같은 참 소중한 경험이었습니다. 그래서 더없이 행복한 사진 작업이었지요.

"꿈꾸지 않는 사람에게는 절망도 없다."라는 말이 있지만 어찌 저마다 희망하는 게 없겠어요? 어느 날 곤히 자다가 그대로 눈을 감는 것이 꿈이라는 어느 노인의 말이 진심일 수 있겠다고 생각되었습니다. 훌륭한 쇼트트랙 선수가 되고 싶어 아픈 몸으로 훈련에 훈련을 더하고 있는 어린 소녀의 꿈도 진심 어린 소망이라 공감할 수 있습니다. 제가 만났던 100명의 주인공들과 진심으로 교감하고자 했던 제 마음에서 비롯된 반성문을 쓰는 이유입니다. 더 좋은 사진을 찍어드리지 못해 죄송합니다.

돌이켜보니 제 어릴 적 꿈은 박사가 되는 것이었습니다. 요즘처럼 이학박사니 문학박사니 하는 것도 아니고 단순하게 그냥 박사가 되는 것이었는데 그 이유는 이웃집 툇마루에 앉아 시청했던 텔레비전 속 만화영화에 나오는 로봇을 만든 박사님을 훌륭하다고 생각했기 때문이지요. 중학교에 진학해서부터는 시인이 되고 싶었습니다. 자기 생각이나 느낌을 간결한 문장으로 표현하는 시인이 참 부러웠던 겁니다. 그러나 글을 쓰는 것이 말처럼 쉽지 않다는 것을 알고부터는 애절하게 이야기를 전하는 소리꾼(가수)이 되고 싶기도 했습니다. 무언가 표현하며 사는 삶에 대한 동경은 변하지 않았던지 결국 마지막 제가 가는 길은 사진기자의 직업을 가진 사진가의 길. 그렇게 변해온 제 꿈들은 아마도 제가 겪은 아주 별 것 아닌 경험에서 비롯

되었으며 결국 지금 사는 모습은 밥과 꿈을 동시에 해결할 방편으로 선택하게 된 것이 아닌가 싶습니다. 그러면서 다시 제게 노래하지요. "세상 모든 걸 다 가지려 하지 마, 꿈은 꿈대로 남겨둬!"라고요.

머리가 희끗희끗해지기 시작하면서부터 어느덧 더는 변화를 꾀하기 어려운 나이가 되었다고 생각하고 살던 제가 새삼 꿈이라는 단어를 다시 꺼내 바라봅니다. 제가 만났던 100명의 꿈 이야기도 다시 들여다봅니다. 그런데 다시 제가 꿈틀거립니다. "꿈을 품어라, 꿈이 없는 사람은 생명 없는 인형과 같다."라는 말이 저를 추궁합니다.

그래서 제 꿈을 다시 써봅니다. 한곳에 서 있어도 세상 먼 곳까지 바라볼 줄 아는 품 넓은 나무처럼 '움직이는 나무가 되고 싶다.'라고. 우리가 가야 할 길이 멀더라도 꿈은 미래형이요, 간절한 소망은 이루어질 거라 믿기에.

강재훈
사진작가

<한겨레신문> 사진부 선임기자. '제1회 강원다큐멘터리 사진가' 선정, '대한민국 보도사진전' 최우수상, '올해의 사진기자상' 등을 수상했다. 여러 대학 사진과에서 사진을 가르쳤고, 한겨레문화센터에서 포토저널리즘을 강의하고 있으며, 이곳에서 배출한 100여 명의 사진가들로 구성된 사진 집단 '포토청'을 이끌고 있다. 『부모은중』『산골분교운동회』『분교-들꽃피는 학교』등 사진집과 수차례 개인전을 통해 작품을 발표하고 있다.

꿈을 믿고 나아가는 그때가
인생의 절정이다

사방에서 살기 어렵다고 난리다. 청년은 일자리가 없어서 불안하고, 직장인은 경쟁에서 밀려 실직할까봐 전전긍긍한다. 사업체를 운영하는 기업가는 매출이 안 올라서 고진하고, 가정을 책임지는 주부는 아이들 키우는 데 여건이 안 되어 힘들다. 이런 상황에서 꿈을 가지는 것은 어려운 일일까. 언젠가 부모의 재정 능력에 따라 아이들의 꿈의 크기가 달라진다는 보도를 접하였다. 너무나 슬픈 현실이었다. 언제부터 우리가 이렇게 되었을까. 이 책의 출발점은, 바로 그 물음에서 시작되었다.

만나는 사람마다 꿈이 뭐냐고 물어보았다. 사람들은 꿈이 뭐 있겠느냐며 그냥 산다는 답을 주었다. 명확한 꿈을 간직한 사람들이 많지 않았다. 그래도 꿈을 한번 찾아보기로 했다. 그랬더니 어렵사리 어린 시절 꿈을 얘기하기 시작했고, 비록 지금은 힘들지만 나중에라도 이루고픈 소망들을 쏟아내기 시작했다. 그걸 들으면서 가슴에 눈물이 지나갔다.

잠시나마 꿈에 대해 생각할 때 번지는 미소를 보며, 사람들은 꿈을 생각하는 것만으로도 행복해한다는 걸 알게 되었다. 여기에서 용기를 얻어 우리는 본격적으로 꿈을 채집하기 시작하였다. 한 사람 두 사람 꿈을 물어보았고, 사람들은 그것을 밤새 글로 적어서 보내주셨다. 직접 글을 쓰기 어려운 분들은 우리가 받아 적기도 하였다. 가끔은 몇 시간이고 함께 앉아서 꿈에 대해 대화를 나누었다. 눈물을 보이는 사람도 있었고, 눈을 반짝이며 다시금 희망찬 모습을 보이는 이도 있었다. 그렇게 이 책은 탄생되었다.

근 일 년여의 시간을 꿈에 빠져 보냈다. 숱한 사람들을 만났다. 꿈이 없는 사람들도 적지 않았지만 포기하지 않았다. 그중 세상과 함께 꼭 나누고픈 100인을 모아 책으로 펴낸다. 우리를 웃고 울게 만들었던 별처럼 아름다운 사람들이다.

청각 장애인이면서 봉사활동을 펼치는 황보 민 님은 돈도 안 되는 일에 열정을 바치는 자신을 두고 '꿈을 믿는 바보'라 칭했다. 공부할 시기를 놓쳐 나이 육십 넘어서 공부를 시작하며 꿈을 키우는 김전순 님은 공부하는 자신을 두고 '제일 예쁘다'고 고백했다. 오토바이 사고로 쓰러져 5년째 병실에 누워 있는 남편을 뒷바라지 하는 박영자 님은 '당신 고생 많았어'라는 남편의 말을 들어봤으면 소원이 없겠다며 눈물을 글썽였다. 100년을 살아오신 이임금 할머니는 45년간 자신을 수발해준 둘째며느리에게 이 모든 감사를 돌렸다. 이외에도 풍선껌이 되고 싶다는 맑은 아이 빈이를 만났고, 취업 때문에 혹은 진로가 고민인 많은 10대와 20대를 만났으며, 삶의 현장에서 힘들지만 자신들의 삶을 꾸려가는 많은 이들을 만났다. 그분들 모두에게 깊은 감사를 드린다.

이 책에는 1살부터 100살까지 평범한 이웃들의 소박한 꿈이 담겨 있다. 100인의 꿈을 나열하고 보니 화려한 젊음의 시기는 너무나 짧다. 삶의 절정을 젊었을 때로 한정하는 것에 대해 우리는 반대한다. 인생의 절정기는 가장 활발하게 꿈을 향해 나아가는 바로 그때이기 때문이다. 꿈을 갖고 자기 삶의 주인공으로 살 때, 그때가 가장 아름다운 시설이기 때문이다. 고단했던 일 년여의 꿈 채집 과정이 우리에게 준 교훈이다.

마지막으로, 세상 사람들이 저마다 꿈을 가졌으면 싶다. 거창하고 클 필요는 없다. 소박하지만 자신이 꼭 이루고 싶은 꿈을 만들어서 어렵더라도 자기 자신을 믿고 힘차게 살아갔으면 좋겠다. 책 제목처럼 '이런 내가, 참 좋다'며 활짝 웃을 수 있는 가장 멋진 방법이기 때문이다.

윤미정
푸른지식 대표

감사합니다

이 책을 만드는 데 큰 도움을 주신 분들께 고마움을 전합니다.

어머니, 아버지를 비롯하여 자매, 조카 등 친인척을 소개해주셨습니다.
김서희 김신애 김진경 문순하 박선미 박선아 박선희 서금란 여미숙 윤정아 임명화

친구와 동네 주민, 직장 동료를 소개해주셨습니다.
김순주 김인재 김정주 박수연 송광호 이민선 이승준 이지혜 조남설 조현주 황신자

아이들을 가르치는 선생님들. 학생들을 소개해주셨습니다.
강은정 박새봄 정지윤 조미경 조희경 최현경 탁후재

노인대학과 복지센터 어르신들의 원고를 받아 주셨습니다.
(사)대한노인대학 이석우 복지사, 청파노인복지센터 윤영주 복지사

공부하는 어르신들의 원고를 받아 주셨습니다.
남인천중고등학교 이영은 선생님, 양원주부학교 천경아 선생님

이 책의 저자들. 주변 사람들을 소개해주셨습니다.
고재영 김경란 김선태 박희영 배성운 이상희 정민경

페이스북, 카페 등에 홍보해주셨습니다.
김영 박규환 이강숙 이창용 정일영 조남준

파워 트위터리안. 트위터에서 원고 모집 글을 널리 퍼뜨려 주셨습니다.
고재열 백창민 허재현

95세 임진국 할아버지를 소개해주셨습니다.
박래웅(임진국 할아버지 후원회장), 송재희 경위(영등포경찰서)

푸른지식의 작가들. 블로그와 페이스북에 홍보해주셨습니다.
김형자 명로진 박지훈

기획에 많은 도움을 주셨습니다.
류지혜

그 외 도와주신 모든 분들께 깊은 감사를 드립니다.